銀河鉄道の夜

銀河鐵道之夜

宮澤賢治

Miyazawa Kenji

劉子倩 譯

目次

輯三 真正的幸福

輯一　樸質的本心

雙子星

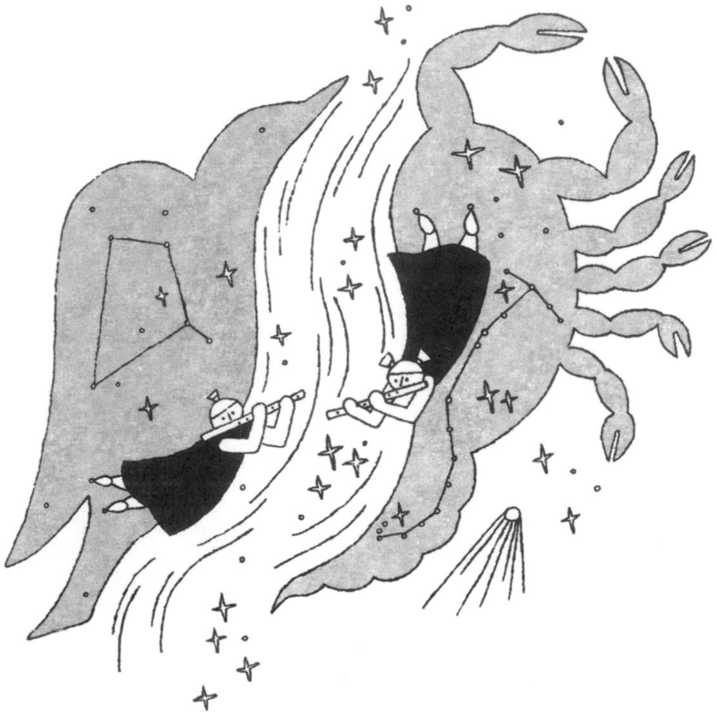

雙子星 一

天河西岸有兩顆像馬尾草的孢子那麼渺小的星星。那是純生童子與寶生童子這對雙子星居住的小小水晶宮。

這二座透明水晶宮的位置正好面對面。夜晚時分二人一定會回宮，肅然端坐，配合天上的〈星星巡行之歌[1]〉整晚吹奏銀笛。那就是這對雙子星的職責。

這天清晨，當太陽公公莊嚴地晃動火紅的身體，緩緩自東方升起時，純生童子放下銀笛對寶生童子說：

「寶生，行了吧。太陽公公已經升起，白雲也閃閃發亮。今天我們去西邊的原野之泉好不好？」

1 〈星星巡行之歌〉，賢治親自作詞作曲的歌曲中最知名的一首。

可寶生童子仍然吹得起勁，只見他半閉著眼，頗為陶醉地吹銀笛，於是純生童子走下宮殿，穿上鞋子，爬上寶生童子的宮殿階梯，又說了一次。

「寶生。不用再吹了吧。東方天空已經熾亮大放光明，下界的小鳥好像也已醒來了。今天我們去西邊的原野之泉好不好？然後，我們用風車製造霧氣，彈射小彩虹來玩吧？」

寶生童子終於回過神，吃驚地放下笛子說：

「啊，純生。不好意思。原來已經天亮了啊。那我現在就穿鞋。」

之後寶生童子穿上白色貝殼做成的小鞋子，二人親親熱熱地唱著歌，結伴走過天空的銀色草原。

把太陽公公行經之路掃淨，
讓到處放光明，
是天上的白雲。

把太陽公公行經之路鋪平，
將石子埋進地，
是天上的青雲。

不知幾時已來到天空之泉。

每逢晴朗的夜晚，從人間也可清晰看見這口清泉。距離天河西岸很遠很遠的地方，被藍色的小星星團團圍起。水底鋪滿藍色的小石子，自碎石之間咕嚕咕嚕不斷湧出清澈的泉水，從泉水的某一邊缺口匯為小溪汩汩流向天河。當我們的世界鬧乾旱時，不是經常看見乾瘦的夜鷹或杜鵑默默仰望天空，萬分遺憾地不停拼命吞口水嗎？可惜任何鳥都無法飛到那裡。不過，天上的大烏星和蠍子星、兔子星當然隨時都能去。

「寶生，我們先在這裡做個瀑布吧？」

「好啊，來做瀑布吧。那我去搬石頭。」

純生童子脫下小鞋子走進溪流中，寶生童子開始在岸上四處收集稱手的石頭。

此刻，天空瀰漫起蘋果的芳香。是消失在西邊天空的銀色月亮吐露的。

原野彼方忽然傳來響亮的歌聲。

天河的西岸，距離不遠處，
有這麼一口，天空的水井。
泉水汩汩流，到處亮晶晶，
圍繞在四周，藍色的星星。
夜鷹貓頭鷹，鴴鳥藍松鴉，
他們都想來，可惜飛不到。

「啊，是大烏星。」兩小童子齊聲說。

這時大烏鴉已經沙沙沙地撥開天空的蘆葦，從對面搖頭晃腦大搖大擺地走過來了。他穿著黑漆漆的大鵝絨披風，黑漆漆的天鵝絨緊身褲。

大烏鴉看到二人，停下來客氣地打招呼。

「哎呀，兩位好啊，純生童子與寶生童子。天氣晴朗真是太好了。唯一不好的就是天氣晴朗就會口渴。而且我昨晚唱歌好像有點唱得太激昂了。請見諒。」大烏鴉說著已把頭埋進泉水中。

「請別管我們，儘管喝水吧。」寶生童子說。

大烏鴉一口氣咕嚕咕嚕整整喝了三分鐘後這才抬起頭，小眼睛眨了幾下，然後頭一甩抖去水花。

這時對面又傳來粗啞的歌聲。只見大烏鴉霎時臉色大變渾身顫抖。

爺是南方天空紅眼蠍，

擁有毒尾鉤和大對鉗，

只有呆頭鳥不認識爺。

大烏鴉一聽，氣呼呼地說：

「是蠍子星。可惡。居然說人家是呆頭鳥。等著瞧。他要是敢過來，我就把他的紅眼珠挖出來！」

純生童子還來不及勸他「大烏鴉，不能打架啦，會被陛下發現的」，紅眼的蠍子星已經從對面緩緩揮舞著二隻大鉗子喀拉喀拉拖著長尾巴過來了。那個聲音響徹寧靜的天空原野。

大烏鴉已經氣得渾身哆嗦，恨不得立刻撲上去了。雙子星手忙腳亂地拼命拉住他。

蠍子用眼尾掃了大烏鴉一眼，轉眼已爬到泉水邊說：

「啊，喉嚨好乾啊。嗨，雙子星兄弟。你們好。借過，讓我來喝點水吧。奇怪，今天這泉水怎麼有股土腥味。看來是被哪個烏漆抹黑的笨蛋一頭栽進水中汙染了。哼。算了。大爺我就忍一忍吧。」

然後蠍子費了十分鐘一口一口地喝水。期間，還不忘啪啪甩動帶有毒鉤的尾巴，好像很瞧不起大烏鴉。

大烏鴉終於忍無可忍，唰地張開翅膀大吼：

「臭蠍子！你從剛才就一直罵我是甚麼呆頭鳥是吧！還不趕緊給我道歉！」

蠍子終於把腦袋離開水面，紅眼彷彿熊熊燃燒似地轉動。

「哼！好像有人在嘰嘰喳喳廢話。不管是紅色的那位，還是灰色的那位，大爺我照樣賞你一記毒鉤。」

大烏鴉勃然大怒，忍不住跳起來吼叫：

「你說甚麼！你踐個屁！我要讓你倒栽蔥掉到天空的另一頭去！」

蠍子也生氣了，龐大的身軀迅速一扭，豎起尾巴的毒鉤朝空中刺過去。大烏鴉跳起來閃避攻擊，把鳥喙當成標槍，筆直朝蠍子的腦袋戳下去。

純生童子和寶生童子根本來不及阻止。蠍子的腦袋受到重傷，大烏鴉的胸口也被毒鉤刺中，雙方發出呻吟跌成一團就此暈厥。

蠍子的血汩汩流向空中，形成可怕的紅雲。

純生童子急忙穿上鞋子說：

「不好了！大烏鴉中毒了。必須趕緊把毒吸出來。寶生。你幫我壓住大烏鴉好嗎？」

寶生童子也穿上鞋子急忙繞到大烏鴉身後用力按住他。純生童子把嘴貼上大烏鴉胸前的傷口。寶生童子說：

「純生。千萬不能把毒液吞下去喔。一定要立刻吐出來。」

純生童子默不作聲從傷口足足吸了六次毒血吐出來。這下子大烏鴉終於醒來，微睜雙眼說：

「啊，真不好意思。我這是怎麼了？我記得我明明打敗那傢伙了。」

純生童子說：

「你快用泉水清洗你的傷口。走得動嗎？」

大烏鴉腳步虛浮地站起來，看到蠍子，又抖動身體說：

「可惡。這隻天上的臭毒蟲。死在天上算你好運！」

兩小童子急忙把大烏鴉帶去水邊。然後替他把傷口洗乾淨，接著又朝傷口吹了兩三口芬芳的仙氣，這才說道：

「好了，你慢慢走，趁著天還沒黑趕緊回家吧。以後不可以再這樣胡鬧了。陛下全都知道喔。」

大烏鴉垂頭喪氣，無力地拖著翅膀，一再鞠躬說：

「謝謝你們。謝謝你們。我以後一定會注意。」就這樣拖著沉重的雙腳走入長滿銀色芒草的原野彼方。

兩個小童子又回頭檢查蠍子。他頭上的傷口雖然很深，但是幸好已經不流血了。二人掬起泉水，澆在傷口上替他洗乾淨。然後輪流朝傷口呼呼吹氣。

等到太陽公公走到天空正中央時，蠍子終於微微睜開眼。

寶生童子抹去汗水問：

「你現在感覺怎麼樣？」

蠍子慢吞吞咕噥：

「臭烏鴉死了嗎？」

純生童子有點氣憤地說：

「你怎麼還在講這種話！你自己都差一點死掉了。好了，趕快打起精神回家吧。如果不趁著天黑前回去就麻煩了。」

蠍子目光閃爍說：

「雙子星兄弟。能不能請你們好人做到底，乾脆送我回家？」

寶生童子答道：

「那我們就陪你回去吧。來，你抓著我的手。」

純生童子也說：

「來，也抓著我的手吧。再不快點走，就無法趕在天黑前回家了。那樣的話，今晚星星就無法巡行了。」

蠍子抓著二人的手搖搖晃晃邁步。二人的肩膀都快被壓彎了。因為蠍子實在太沉重了。單就體積而言，大概足有兩個童子的十倍。

但兩人雖然臉都漲紅了，還是咬牙忍著一步一步繼續走。

蠍子的尾巴在碎石子地上吱吱拖行，還不斷噴出難聞的臭氣，歪歪倒倒地走路。一小時還沒走到一公里。

因為蠍子重量太重，兩個童子已經被蠍子的手掐得很痛，連肩膀和胸脯都好像不是自己的了。

天上的原野發出璀璨的白光。他們已走過了七條小溪和十片草原。

童子們累得頭昏腦脹，已經分不清自己是站著還是走著。但二人還是默默地繼續向前邁步。

算來已經過了六個小時。距離蠍子家大概還有一個半小時的路程吧。太陽公公就要墜入西邊的山裡了。

「能不能走快一點？我們必須在一個半小時之內回家。不過，你很難受嗎？傷口很痛嗎？」寶生童子說。

「是。就快到了。還請兩位發發慈悲。」蠍子哭著回答。

「好。就快到了。傷口很疼嗎？」純生童子默默忍受肩骨幾乎被壓碎的痛苦說。

太陽公公已經莊嚴地唰唰唰搖晃了三下沉入西山了。

「我們真的不回去不行了。傷腦筋。這附近有沒有人在啊！」寶生童子大喊。天上的原野寂靜無聲，無人回應。

西邊的雲彩火紅閃耀，蠍子的眼睛也閃著悲傷的紅光。光芒較強的星星已然披上銀色鎧甲，唱著歌出現在遠方天空了。

「我發現一顆星星！請保佑我變成大富翁！」人間的一名孩童仰望那個方向高喊。

「蠍子大哥。就快到了。你能不能走快一點？你累了嗎？」純生童子說。

蠍子哀聲答道：

「我真的好累。馬上就到了，請你們多包涵。」

星星，星星，不會只有一顆星！
星星總是成千上萬一起亮晶晶！

人間其他的孩童叫喊。西山已經一片漆黑。到處都有星星一閃一閃出現。

純生童子彎腰駝背簡直像要被壓垮似地說：

「蠍子大哥。我們今晚已經遲到了。一定會被陛下罵。弄得不好，說不定還會被放逐。但你如果不在乎平時的位子上才糟糕。」

寶生童子說：

「我已經快累死了。蠍子大哥。請你打起精神早點回去吧。」說著終於一頭栽倒。蠍子哭著喊道：

「請原諒我。都是我太笨了。我連你們的一根頭髮都比不上。今後我一定會洗心革面向你們賠罪。我發誓一定會。」

這時，閃電穿著散發水藍色強烈光芒的外套，從對面電光一閃就飛過來了。然後他扶起兩個童子說：

「我奉陛下之命來接你們。快抓住我的披風。我馬上帶你們回宮。陛下不知何故從剛才就心情非常好。還有你，蠍子。你以前真是個令人厭惡的禍害。這個藥是陛下賞賜的。你服下吧。」

「那我們走了，蠍子大哥。再見。請你趕快吃藥。還有，別忘了剛才的承諾喔。一定要記住喔。再見！」童子們大喊。

然後二人一起抓住閃電的披風。蠍子的許多隻手撐地伏身跪倒，吃藥後鄭重致謝道別。

只見閃電的電光一閃，下一瞬間已站在剛才的泉水邊了。然後他說：

「快，趕緊把身體洗乾淨。陛下賞賜了新衣和新鞋。你們還有十五分鐘的時間。」

雙子星兄弟愉快地在宛如冰涼水晶的清泉沐浴，穿上散發香氣與藍光的薄衫，以及發出白光的新鞋子。渾身的疼痛和疲勞霎時消失，只覺得神清氣爽。

「好了，我們走吧。」閃電說。於是二人又抓住他的披風，只見紫色電光一閃，童子們已站在自己的宮殿前。而閃電已不見蹤影。

「純生童子，那我們快去準備吧。」

「寶生童子，我們就來準備吧。」

二人走上宮殿，面對面端坐著拿起銀笛。

恰好就在這時，四處響起〈星星巡行之歌〉。

蠍子有著紅眼睛，

展翅的是大老鷹，

藍眼睛的是小狗，

大蛇盤踞放光明。

獵戶星座正高歌，
灑落露水與白霜，
仙女星座的星雲，
恰似魚嘴的形狀。

大熊星座的足跡，
朝北延伸五倍長。
小熊星座的額上，
星星巡行的中央。

於是雙子星也開始吹奏銀笛。

雙子星　二

〈天河西岸有兩顆很小很小的藍色星星。那是純生童子和寶生童子這對雙子星兄弟，各自居住的小巧玲瓏水晶宮。

二座水晶宮正好面對面。晚上二人必定都會回宮，端坐著配合天上〈星星巡行之歌〉整晚吹奏銀笛。那就是這對雙子星的職責。〉

某個晚上，天空下方堆滿烏雲，雲層下嘩啦啦降下傾盆大雨。但二人還是一如往常各自端坐在自己的水晶宮，面對面吹笛子，這時粗暴的大彗星突然出現，呼呼朝二人的宮殿噴著淺藍色光霧說：

「喂，藍色雙子星。要不要出去旅行一下？今晚用不著那麼勤快。就算海上遇難的水手想靠星星找尋方向，被這麼厚的雲層遮住也看不見。天文台的觀星人員今天也放假正在打呵欠。那些一天到晚看星星自以為了不起的小學生也對這場大雨沒轍，只能待在家中畫畫。就算你們不吹笛子，所有的星星也照常運轉。怎麼樣，出去旅行一下吧？明天傍晚之前，我就會把你們帶回來。」

純生童子暫停吹笛回答：

「其實陛下也允許我們陰天可以不用吹笛。我們只是吹著好玩的。」

寶生童子也暫停吹笛接話：

「不過，陛下應該不會同意我們出去旅行。因為說不定甚麼時候就放晴了。」

彗星說：

「甭擔心。之前陛下就吩咐過我了。陛下叫我如果哪天碰上陰雨的夜晚，就帶雙胞胎出去旅行一下。走啦，走啦。我這人很有趣喔。我的綽號可是天空鯨魚。你們知道嗎？因為我會把像沙丁魚那樣軟弱的星星或像青鱂魚那樣的黑色隕石大口大口吞下肚。然後最痛快的就是筆直衝出去，接著再來個一百八十度大迴轉劃出弧形筆直衝回來的時候。全身都會吱呀作響好像快要散了架子。連發光的骨頭都會喀喀作響。」

寶生童子說：

「純生。那我們就去吧。既然陛下都說可以了。」

純生童子問：

「可是陛下真的答應了嗎？」

彗星說：

「哼。如果我騙人就讓我腦袋爆炸好了。讓我的腦袋身體尾巴全都四分五裂掉到海裡變成海參都行。我怎麼可能騙你們！」

寶生童子又問：

「那你敢對著陛下發誓嗎？」

彗星不假思索應允：

「嗯，發誓就發誓。咳，陛下您請看著。呃，我發誓今天我是奉陛下之命帶藍色雙子星出門旅行。哪，這樣行了吧？」

二人這才異口同聲說：

「嗯，行了。那我們走吧。」

這時彗星格外認真地說：

「那你們趕快抓住我的尾巴。要牢牢抓緊喔。快。好了嗎？」

二人牢牢抓住彗星的尾巴。彗星呼地噴出一團淺藍色光芒說：

「好，那我們要出發囉。嘰——嘰——嘰——呼。嘰——嘰——呼。」

彗星不愧是天空的巨鯨。弱小的星星嚇得四處逃竄。彗星一眨眼便飛了老遠。二人的水晶宮已在很遠很遠的千里之外，如今只能看見小小的淺藍色光點。

純生童子開口：

「我們已經走很遠了吧。還沒到天河的落水口嗎？」

這時彗星忽然翻臉不認人。

「哼。關心天河落水口之前，不如先看看你們自己的落水口吧。一，二，三！」

彗星用力甩尾兩三下，而且還扭頭向後方噴出強烈的淺藍色霧氣把二人吹落。

二人就此筆直墜落墨藍色的虛空。

「哇哈哈哈！哇哈哈哈！剛才的誓言甚麼的通通取消。嘰——嘰——嘰——呼——。嘰——嘰——呼——。」彗星說著已經朝遠方跑掉了。二人在墜落之際緊緊抓住對方的手肘。這對雙子星已決定無論掉到哪裡都要在一起。

二人的身體進入空氣層後，發出打雷似的聲音劈哩啪啦冒出紅紅的火花，光是看著都會頭暈。之後二人穿過漆黑的雲層，如箭矢一樣墜入怒濤洶湧的大海中。

二人不斷往下沉。但不可思議的是，即便在水中也能自由呼吸。

海底有柔軟的爛泥，睡著巨大的黑色物體，還有亂糟糟的海藻款款搖曳。

純生童子說：

「寶生。這裡大概就是海底了吧。我們已經無法回到天上。今後不知會有何下場。」

寶生童子應語：

「我們被彗星騙了。彗星甚至還對陛下說謊。這傢伙真是太可惡了！」

這時，就在腳邊發出紅光形如星星的小海星開口了。

「你們是哪片海域的？你們綴有藍色海星的記號呢。」

寶生童子回道：

「我們不是海星。我們是星星。」

結果小海星氣憤地說：

「甚麼？你說你們是星星？海星本來也都是星星呀。看你們這個樣子是剛剛來到這裡吧。甚麼嘛，搞了半天原來是菜鳥海星。是剛出爐的惡棍。做了壞事淪落到這裡，還想驕傲地說自己是星星，你們這套在海底是行不通的喔。我以前在天上時，還是第一等的軍人咧。」

寶生童子悲傷地仰望上方。

雨已停了，烏雲也都不見了，海水像玻璃一樣平靜無波，可以清楚看見天空。天河和天之井還有老鷹星和琴手星也通通清晰可見。甚至可以看見二人很小很小的水晶宮。

「純生。我可以清楚看見天空。也可以看見我們的宮殿。可是我們卻淪為海星了。」

「寶生。已經沒法子了。我們就從這裡向天上的大家道別吧。雖然無法再見到陛下，還是要向陛下致歉。」

「陛下再見。我們從今天起要變成海星了。」

「陛下再見。愚蠢的我們被彗星騙了。從今天起，我們要在黑暗的海底爛泥中匍匐苟活。」

「陛下再見。還有天上的各位。祝各位欣欣向榮。」

「再見了各位。還有統領萬物的尊貴陛下，願您千秋萬世永保安康。」

一大堆紅色海星湧來圍著二人七嘴八舌。

「喂，把你的衣服給我！」「喂，把劍交出來！」「拿錢出來繳稅！」「變小一點！」「替我擦鞋子！」

這時，大家的頭頂上忽然有一團很大很大的漆黑物體吼呀吼的咆哮經過。海星們慌忙紛紛行禮。大黑個本來都要走遠了忽然又停下來仔細打量二人說：

「我懂了，一定是新兵吧。連怎麼敬禮都還沒學會。連我鯨魚大爺都不認識嗎？我的綽號可是海中彗星。知道嗎？我可以一口把沙丁魚那樣軟弱的魚和青鱗魚那種瞎眼魚通通吞下肚。然後最痛快的就是筆直衝出去再來個一百八十度大迴轉劃出弧形筆直衝回來的時候。痛快得彷彿全身的油都黏糊糊快溶化了。話說回來，你們應該帶了被天庭放逐的證明文件吧。趕快拿出來。」

二人面面相覷。

「我們沒有那種東西。」純生童子說。

結果鯨魚大怒，從嘴巴呸地噴出一口水。海星全都臉色大變嚇得東倒西歪，但二人還是強忍驚恐站得筆直。

鯨魚凶神惡煞似地說：

「沒有文件？小壞蛋！這裡的傢伙就算在天上做了再怎麼可惡的事情，也沒有哪一個敢不帶證明文件。你們實在太不像話了。好，我要把你們吞下肚，覺悟吧。準備好了嗎？」鯨魚張大嘴巴做好準備。海星和附近的魚群深怕遭到波及也被吞下肚，連忙鑽進泥中或是一溜煙逃之夭夭。

這時遠方銀光一閃，忽然來了一條小海蛇。鯨魚似乎非常驚愕，急忙閉嘴。

海蛇不可思議地盯著雙子星的頭頂上方說：

「兩位怎麼會在這裡？你們應該不是做了壞事從天上淪落此地的人。」

鯨魚從旁插嘴：

「這兩個傢伙連放逐文件都沒帶呢。」

海蛇眼神凌厲地瞪著鯨魚說：

「你給我閉嘴！狂妄無知。你怎麼敢用『傢伙』稱呼這兩位。你看不見做善事的人頭上的光環。倒是做了壞事的人，頭上會有黑影張著大嘴，所以一看就知道。星星閣下。請隨我這邊來。我帶兩位去見我們的國王。喂，海星。過來點燈。喂，鯨魚。你可不要胡鬧得太過分喔。」

鯨魚抓抓腦袋連忙俯身認錯。

令人驚訝的是，發出紅光的海星竟然排成寬闊的兩排隊伍，宛如人間街道的路燈。

「好了，我們走吧。」海蛇甩著白髮，恭敬地說。二人跟著海蛇走過海星之間。不久，墨藍色海水的燈火處出現巨大的白色城門，城門自動開啟，從中走出許多氣派的海蛇。然後將雙子星兄弟帶到海蛇王面前。海蛇王是個留著白色長鬍子的老人，笑瞇瞇地說：

「你們是純生童子和寶生童子。久仰大名。上次你們犧牲自己拼命感化天上那隻蠍子的歹念，這段佳話連我們這裡都聽說了。我已命人將那個故事收入本地小學的課本。話說回來，這次遭逢無妄之災，兩位想必嚇壞了吧。」

純生童子說：

「您過獎了。我們已經無法回到天上，如果有我們能做的，我們很樂意為大家效勞。」

海蛇王說：

「哪裡哪裡，您太謙虛了。我立刻命龍捲風把兩位送回天上吧。回去之後還請代我海蛇老兒向兩位的國王問候。」

寶生童子開心地問：

「如此說來，您也認識我們的陛下嗎？」

海蛇王慌忙起身離開椅子，

「哪裡，豈只是認識。陛下是我唯一的王。打從久遠以前就是我的老師。我是陛下愚昧的僕人。唉，看來您還不明白。不過，將來想必您遲早會明白。那麼，趁著天還沒亮，趕緊讓龍捲風送兩位回去吧。來人，來人哪。準備好了嗎？」

一條海蛇家臣回答：

「是，已經在門前等候了。」

二人鄭重向海蛇王致謝。

「那麼，海蛇王閣下，再會了。改天我們再從天上好好向您道謝。祝您國運昌隆。」

海蛇王站起來說：

「也祝兩位今後益發光彩照人。再會。」

家臣們一同恭敬行禮。

兩個童子走到門外。

龍捲風正蜷起銀色的身體靜臥。

一名海蛇把二人放到龍捲風的頭頂。

二人抓住龍捲風頭上的角。

這時發出紅光的海星紛紛跑出來高喊：

「再見！請向天上的國王問好！希望有一天我們也能得到寬恕！」

二人齊聲說：

「我們一定會把話帶到。希望將來能在天上重逢。」

龍捲風緩緩飛起。

「再見！再見！」

龍捲風的腦袋已經到了漆黑的海面上。隨即突然響起劈哩啪啦的劇烈聲響，龍捲風夾帶海水如箭矢般不斷往天上越竄越高。

距離天亮還有大把時間。天河越來越近了。二人的宮殿已清晰可見。

「兩位請看一下那個。」龍捲風在黑暗中說。

一看之下，那發出大團淺藍色光芒的掃把星四分五裂，腦袋尾巴身體全都分了家，發出瘋狂的慘叫聲，伴隨無數碎片的光芒墜入漆黑的大海中。

「那傢伙會變成海參。」龍捲風靜靜地說。

天上的〈星星巡行之歌〉已然響起。

而童子們也抵達了水晶宮。

龍捲風放下二人。

「再見，請多保重。」說著又一陣風似地回到海裡了。

雙子星各自回到宮殿。然後端坐著對無形的天上之王說：

「都是因為我們不小心，這段時間擅離職守實在很對不起。儘管如此我們今晚還是蒙受天恩，不可思議地獲救。海中的國王命我們向您轉達對您的無比敬意。還有海底的海星也乞求您的慈悲寬恕。另外我們自己也要懇求您，如果可以的話請寬恕海參吧。」

然後二人又拿起銀笛。

東方天空泛出金黃色，不久就要天亮了。

夜鷹之星

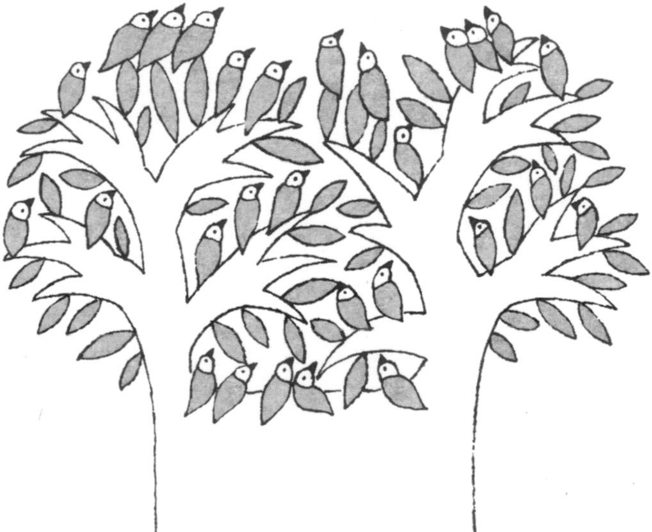

夜鷹[1]是一種非常醜陋的鳥。

臉上到處都是斑點好似沾了味噌，鳥喙扁平，一直裂到耳朵邊。

雙腳軟趴趴的，連二公尺都走不了。

其他的鳥，光是看到夜鷹的臉就皺眉頭。

比方說，雲雀其實也不是多美麗的鳥，卻自認為起碼比夜鷹好太多了，因此傍晚遇到夜鷹時，就會非常厭惡地陰森森閉上眼，把頭扭到另一邊。更小隻的長舌鳥類，也總是當著夜鷹的面說他壞話。

「哼。怎麼又出來了。哎呀，瞧他那副德性。真是給我們鳥界同胞丟臉啊。」

「就是啊，大哪，瞧他那張大嘴巴。八成是青蛙之類的親戚吧。」

每次都是這樣。唉，如果不是夜鷹而是普通的老鷹，像這種半吊子的小

1 夜鷹（Caprimulgus indicus jotaka），身長二十至三十公分。於薄暮及夜晚活動。多半單獨生活，捕食昆蟲。

鳥，光是聽到他的名字恐怕早已渾身發抖臉色發白，把身體縮得小小的躲到樹葉後面了吧。可惜，夜鷹並不是老鷹的兄弟更不是親戚。反而是那種美麗的翠鳥以及宛如鳥界寶石的蜂鳥的兄長。蜂鳥吸食花蜜，翠鳥吃魚，夜鷹則是捕捉飛蟲。而且夜鷹也沒有尖銳的爪子和嘴喙，所以即便再怎麼弱小的鳥，都不可能害怕夜鷹。

如此說來，他的名字帶有「鷹」字好像很不可思議，其實，這是因為夜鷹的翅膀格外有力，迎風翱翔時看起來就像老鷹，而且叫聲也很尖銳，多多少少還是有點像老鷹。當然，老鷹對此耿耿於懷，非常不滿。因此只要一看到夜鷹，老鷹就會傲慢地聳起肩膀說，「你快去換個名字！快去換個名字！」

某個傍晚，老鷹終於找上夜鷹的住處。

「喂，在嗎？你怎麼還沒有改名字？真是不知羞恥。你和我，格調簡直差太多了。比方說，我可以在藍天無止盡飛翔。而你，卻只能在昏暗的陰天或夜晚才出來。還有，看看我的嘴巴和爪子。然後再好好看看你自己的。」

「鷹老大。那太強人所難了。我的名字並非自己取的。是神賜予的。」
「不。我的名字還可以說是神賜予的，至於你的嘛，說穿了，是向我和夜晚借來的。快把名字還給我！」
「鷹老大。這我做不到。」
「怎麼會做不到。我給你取個好名字吧。就叫做市藏。市藏。這名字不錯吧？對了，既然要改名，就得讓大家都知道你改名了。聽著，你啊，就在脖子上掛一塊寫有市藏二字的牌子，挨家挨戶去和大家打招呼，親口告訴大家，你從今以後改名為市藏。」
「可我真的做不到。」
「誰說的，你當然做得到。你非做到不可！如果到明天早上你還沒有這麼做，我就立刻掐死你。我真的會掐死你喔，你最好記住。明天一早我就挨家挨戶去問他們你有沒有來過。只要有一家告訴我你沒來過，到時候你就死定了。」

「可是那太強人所難了。與其那樣做，我寧可死掉。請你現在就殺死我吧。」

「哎，你再好好考慮一下嘛。市藏這名字其實沒那麼糟。」老鷹張開巨大的翅膀，朝自己的鳥巢飛走了。

夜鷹閉眼默默思考。

（為什麼我就這麼討人厭？是因為我的臉孔彷彿沾了味噌，我的嘴巴裂到耳朵旁吧。可就算如此，我也從來沒有做過壞事。綠繡眼的寶寶從巢中掉下來時，還是我幫忙把他帶回巢裡的。結果綠繡眼就像寶寶被小偷搶走似地一把從我懷裡搶走寶寶。然後好像還狠狠嘲笑了我來著。現在居然叫我在脖子上掛甚麼市藏的牌子，真是太悲慘了。）

四下天色已暗。夜鷹飛出鳥巢。雲層陰險地發光，低垂天際。夜鷹幾乎是緊貼著雲層，無聲地在天空徘徊。

然後夜鷹微微張大嘴巴，筆直伸展雙翼，迅如箭矢地劃過天空。無數隻小飛蟲就這樣進了他的咽喉。

就在身體幾乎碰到泥土之際，夜鷹又翩然扭身衝向天空。雲層已變成鼠灰色，對面的山脈火紅燃燒。

當夜鷹全速飛翔時，天空彷彿被切成二半。一隻甲蟲飛進夜鷹的咽喉，拼命掙扎。夜鷹立刻把甲蟲吞下肚，但那一瞬間，他覺得背上似乎有一陣寒意竄過。

雲層已變得漆黑，唯有東方被山上的火光染紅，看起來很可怕。夜鷹感到心頭滯悶，一邊繼續往上飛。

又一隻甲蟲飛進夜鷹的喉嚨。甲蟲拼命掙扎彷彿要抓破夜鷹的喉嚨。夜鷹勉強吞下肚，這時，突然心頭一跳，夜鷹放聲大哭。他邊哭邊在天空一圈又一圈地盤旋。

（啊，每晚我都殺死了甲蟲和無數小飛蟲。而這次將輪到我被老鷹殺死。那種滋味原來如此痛苦。唉，好痛苦，好痛苦。我再也不要吃蟲子了，就這樣餓死算了。不，在那之前大概會先被老鷹殺死吧。不，在被殺死前，就讓我飛到遙遠又遙遠的天際吧。）

山上的大火漸漸如水流蔓延，雲層彷彿也在熊熊燃燒。

夜鷹直接飛去找弟弟翠鳥。美麗的翠鳥正好也起來查看遠方的山林大火。他看著夜鷹飛落，說道：

「哥哥，晚安，有甚麼急事嗎？」

「沒有，我只是決定去很遠的地方，所以出發之前先來看看你。」

「哥哥，你可不能走。蜂鳥也住在那麼遠的地方，你走了不就剩下我孤伶伶。」

「這個嘛，沒辦法。今天你甚麼都不要再說了。還有，今後除非逼不得已，否則你也不要隨便抓魚了。知道嗎？再見。」

「哥哥，到底是怎麼了？你先別急著走。」

「不了，我不能待太久。蜂鳥那邊，改天你再替我問候他吧。我走了。後會無期。永別了。」

夜鷹哭著回到自己的家。短暫的夏夜已經快要天亮了。羊齒葉吸收了黎明的霧氣，青翠冰涼地搖晃。夜鷹開始高聲鳴叫。之後他把鳥巢收拾乾淨。再將全身的羽毛梳理整齊，再次飛出鳥巢。晨霧散去，太陽正好從東方升起。夜鷹忍住幾乎令他頭暈的刺眼光芒，如箭矢般飛過去。

「太陽閣下！太陽閣下！請把我帶到您身邊。哪怕被燒死也沒關係。即便是我這麼醜陋的身軀，燃燒時應該也會發出小小的光芒吧。請帶我走吧。」

但他飛了又飛，還是無法接近太陽。太陽反而變得越來越小也越遠。

「你是夜鷹吧。原來如此，想必你很痛苦吧。你不妨今晚飛上天，試著拜託星星。因為你並非白日的鳥。」太陽說。

夜鷹向太陽鞠躬道謝，隨即忽然頭暈腦脹，終於掉在原野的草地上。他覺得自己彷彿在作夢。身體輕飄飄飛升到或紅或黃的星星之間，一下子又被風吹得遠遠的，一下子又好像有老鷹來抓住他的身體。

冰涼的物體忽然落在臉上。夜鷹睜開眼。原來是嫩芒草的葉子滴落的露珠。已經入夜了，墨藍的夜空中，無數繁星閃爍。夜鷹展翅高飛。今晚也有山林大火熊熊燃燒。夜鷹藉著那火光的微弱照明，盤旋在冰冷的星光中。然後他又飛了一圈。最後鼓起勇氣對著西方天空美麗的獵戶星筆直飛去，同時大喊：

「星星閣下！西方的淺藍色星星閣下！請帶我一起走吧。哪怕被燒死我也不在乎。」

獵戶星英勇高歌，壓根不理會夜鷹。夜鷹快哭了，失魂落魄地向下墜，好不容易才煞住，再次衝上天。接著，他朝南方的大狗星座筆直飛去高喊：

「星星閣下！南方的藍色星星閣下！請帶我去您那兒。哪怕被燒死我也無所謂。」

大狗忙碌地閃爍或藍或紫或黃的美麗光芒，一邊說：

「別說傻話了。你到底是甚麼東西。分明只是一隻普通的小鳥。憑你的翅膀要飛來我這裡，得花上億年、兆年、億兆年喔。」說完把頭扭向別的方向。

夜鷹很失望，搖搖晃晃地墜落，然後再次振翅飛翔。這次他鼓起勇氣朝北方的大熊星筆直飛去，同時高喊：

「北方的藍色星星閣下！請帶我去您那裡！」

大熊星靜靜地說：

「你不該胡思亂想。先去冷靜一下腦袋。這種時候，就該飛進漂浮冰山的海中，如果附近沒有海，最好飛進裝滿冰水的杯中。」

夜鷹很失望，搖搖晃晃墜落，然後第四次飛上天。接著，他又朝東方剛升起的天河彼岸的老鷹星高喊：

「東方的白色星星閣下！請帶我到您那裡。哪怕被燒死我也無所謂。」

老鷹趾高氣昂說：

「不行，這種事絕對免談。要成為星星，必須擁有相應的身分才行。而且也需要很多錢。」

夜鷹已經完全無力了，他合起翅膀，朝地面墜落。就在他脆弱的雙腳離地面僅剩三十公分時，夜鷹倏然如狼煙直上雲霄。來到天空中央後，夜鷹猶如老鷹要攻擊熊那樣身體猛然一抖，豎起羽毛。

然後他高亢地吱吱吱嗚叫。聲音宛如老鷹。睡在原野及樹林的其他鳥類全都驚醒了，渾身哆嗦著滿臉疑惑地仰頭望向星空。

夜鷹不停不停地筆直往天上衝去。山上的大火現在看起來只有菸頭那麼大了。夜鷹還在繼續向上飛。

寒冷令他呼吸時心口都冒出白煙凍結。空氣也變得稀薄，他不得不拼命快速拍動翅膀。

然而星星的大小仍和剛才一樣，始終沒變。他的呼吸粗重如風箱。寒冷與冰霜如利劍刺向夜鷹。夜鷹的翅膀已癱軟無力。他張開含淚的眼睛最後又看了一次天空。是的。這就是夜鷹的最後結局。夜鷹到底是墜落地面還是上了天，是一頭栽倒還是往上衝，已經不得而知。但是他的心情安詳，沾血的大嘴喙稍微往兩邊拉開，分明是笑了一下。

之後過了一會，夜鷹清醒地睜開眼。他看著自己的身體如今化為磷火般的美麗藍光，靜靜地燃燒。

在他身旁的，是仙后星座[2]。天河的淺藍色光芒，緊挨在他的後方。

而夜鷹之星仍在燃燒。永永遠遠地燃燒。

迄今仍在燃燒。

2 仙后星座（Cassicpeia），在北方天空擁有醒目W狀線形圖的星座。

開羅團長 1

以前，三十隻雨蛙興味盎然地一起工作。

他們的工作主要是接受昆蟲夥伴的委託，撿拾紫蘇和罌粟花的種子開闢成花田，或是收集形狀好看的石頭與青苔做成氣派的庭園。

這樣做出來的漂亮庭園，我們經常在四處看到。田裡的豆莖下、樹林的橡樹根部、雨水滴落的石頭背後，都有他們精心打造的可愛庭園。

話說，這三十隻雨蛙每天都工作得非常快活。早上，金色的陽光把玉米的影子遠遠投射到二千六百寸那麼長時，他們就大口呼吸著新鮮空氣出門工作，然後快活地又唱又笑又叫，一直工作到夕陽將草木的翠綠染上明快的橙紅色才收工。尤其是暴風雨過後的第二天，四處都會響起「拜託快點過來幫我抬起遮擋庭院的板子」或「我家的杉苔樹被吹倒了，請你們趕快派五、六個人過來」的聲音，讓他們簡直忙壞了。工作越忙碌，大家就越覺得自己成了了不起的人

1 此處的開羅（カイロ）應是取蛙類（かえる）的諧音，和埃及的開羅無關，但之前的譯本皆譯為開羅，已廣為人知，因此沿用開羅這個譯法。

物，所以很高興。來，抓緊，用力拉，準備好了嗎，一二一，喂，小胖，繩子鬆囉，沒問題，用力拉，喂，喂，小碧，放開那個，幫我把繩子綁好，嘿咻，好再加把勁，一二一……他們工作時大致就是這種情況。

有一天，三十隻雨蛙做完螞蟻的公園，大家開心地先回總部，途中經過一棵桃樹下，發現那裡開了一家新店面。而且掛著招牌，上面寫著「舶來威士忌，一杯二厘半[2]」。

雨蛙的好奇心很強，因此絡繹走進店中。店裡有一隻膚色微黑的黑斑蛙，大剌剌坐著正無聊地獨自吐舌頭玩，一看到大家進來，頓時用異常殷勤的聲音說：

「哎呀，歡迎光臨。各位坐下休息一會吧。」

「你這裡是賣甚麼的？我看好像有甚麼舶來的威甚麼的。那是甚麼玩意？不如來一杯試試吧。」

「好的，舶來威士忌是吧。一杯要價二厘半喲。可以嗎？」

「可以，沒問題。」

黑斑蛙把那種烈酒倒進小米粒挖成的杯子裡。

「呱——這太猛了。肚子好像著火了。呱——喂，各位，這玩意很奇特喔。喝下去後忽然渾身發熱。啊，真爽快。再來一杯！」

「好好好。等我招呼完這邊就給您端去。」

「我這邊也快點！」

「好好好。按照聲音的順序來。好，這杯是您的。」

「哎呀謝謝。呱——呵，呵，真好喝。」

「我這邊也快點。」

「好，這杯是您的。」

「呱！」

2 「厘」是近代日本最小的貨幣單位。根據一八七一年制定的新貨幣條例，十厘為一錢，百錢為一圓。

「喂，再來一杯！」

「我這邊也要快點。」

「快點再來一杯！」

「好，好，各位不要急。否則剛倒好的酒都灑了。來，這是您的。」

「哎呀，謝謝。呱——咳，咳，呱——真好喝啊。謝謝。」

就這樣，雨蛙們一杯接一杯，喝了很多酒，但是越喝就越想喝。

不過，黑斑蛙的威士忌有滿滿一整個汽油桶，所以小米粒挖成的小酒杯就算倒了一萬杯，也未減少一分。

「喂，再來一杯！」

「再給我來一杯。快點。」

「快，快點拿酒來。」

「是是是。您這已是第三百零二杯了，沒問題嗎？」

「沒事。叫你拿酒來你就拿來。」

「是是是。您沒意見就好。來。」

「呱，好喝。」

「喂，我這邊也快點。」

之後雨蛙漸漸醉了，四處響起打雷似的鼾聲，他們就這麼睡著了。

黑斑蛙這時奸詐地笑了，匆忙關上店門，把裝酒的汽油桶蓋好。然後從收納櫃取出一件鎖子甲，把自己從頭到腳都包得密實。

接著他搬來桌椅一屁股坐下。雨蛙全都鼾聲大作。黑斑蛙這時拿來一個小板凳，放在自己的椅子對面。

之後他從櫃子取下鐵棍，大馬金刀地坐在椅子上，朝最邊上那隻雨蛙的綠色腦袋用力敲下去。

「喂，快起來。該付錢了。快點。」

「嘰——嘰——呱！啊，好痛，誰啊，居然打人家腦袋。」

「快點付錢。」

「啊，對對對，一共多少錢來著？」

「你喝了三百四十二杯，總共八十五錢五厘。怎麼樣，付得出來嗎？」

雨蛙掏出錢包一看，只有三錢二厘。

「甚麼，你只有三錢二厘？真受不了。那你要怎麼解決？小心我報警喔。」

「請饒了我，請饒了我。」

「不行，休想！快點付錢！」

「我真沒錢。請饒了我。我願意成為你的僕人。」

「這樣啊。好吧。那你就是我的僕人囉。」

「是。沒辦法。」

「很好，那你進去。」

黑斑蛙打開隔壁房間的房門，把那隻苦惱的雨蛙推進去，砰的一聲重重關上房門。然後奸笑著又在椅子坐下。接著他又重新拿起那根鐵棍，敲打第二隻雨蛙的綠色腦袋說：

「喂，喂，醒醒。該付錢了，付錢了。」

「嘰——嘰——呱，嗚，再來一杯。」

「你在說甚麼夢話。起來了。快醒醒。該付帳了。」

「嗚，啊啊啊。嗚。搞甚麼。幹嘛打人家腦袋。」

「你要說夢話到甚麼時候！快點付帳，付帳！」

「啊，對了對了，我差點忘了。一共多少錢？」

「你喝了六百杯，一共一圓五十錢。怎麼樣，你有這麼多錢嗎？」

雨蛙頓時面無血色慘綠得透明，把錢包翻個徹底，也只有一錢二厘。

「我身上有的錢全都拿出來了，拜託你打個折，算這價錢就好。」

「嗯，你有一圓二十錢啊？咦，這分明只是一錢二厘！耍人也該有個限度。叫我只收帳單的百分之一？虧你說得出口。如果套用外國的說法，你等於是叫我打折到零點一折。你把我當傻子啊。付錢，快點付錢。」

「可是我真的沒錢。」
「沒錢就當我的僕人。」
「好吧，那就這麼辦。」
「好，跟我過來。」黑斑蛙又把雨蛙趕進隔壁房間。然後本想一屁股在椅子坐下，但是他似乎想到了甚麼，突然朝鼾聲大作的雨蛙們走去，把每隻雨蛙的錢包都掏出來檢查。每個錢包內都不足三錢。唯有一個特別大的錢包塞得鼓鼓的，結果打開一看，裡面一毛錢也沒有，只放著摺疊成小方塊的茶樹葉子。黑斑蛙看了很開心，嘻嘻笑著重新拿起棍子，砰砰砰地挨個敲打每隻雨蛙的綠色腦袋。好了，這下子不得了。
「啊呀好痛，好痛，誰打我。」大家嚷著，紛紛醒來，東張西望了半天，最後發現是酒屋老闆黑斑蛙幹的，於是大家又一齊嚷著，
「老闆你幹嘛，居然打人家腦袋。」一伙從四面八方撲向黑斑蛙，但黑斑蛙有三十隻青蛙那麼大的力氣，而且還穿了鎖子甲，加上雨蛙們喝了舶來威士

忌，都已經醉得站不穩，所以全都被黑斑蛙摔得七葷八素。最後黑斑蛙把十一隻雨蛙揉成一團，狠狠摔到地上。雨蛙們嚇壞了，渾身發抖，面無血色慘綠得透明，當下趴伏在地不敢抬頭。這時黑斑蛙才慢條斯理說：

「你們喝了我的酒。每個人的帳單都超過八十錢。可是你們身上的錢沒有一個人多於五錢。怎樣。有人有錢嗎？沒有吧？嗯。」

雨蛙只能一同呼呼喘氣面面相覷。黑斑蛙得意地又說：

「怎樣，沒有嗎？有嗎？沒有吧？你們的夥伴，之前已有二人承諾做我的僕人來抵銷酒錢了，你們呢？」就在這時候，大家都知道了被關在隔壁房間的那二隻雨蛙，從門縫露出眼睛吱——地低鳴。

大家面面相覷。

「沒法子，就這麼辦吧。」

「那就拜託你了。」

「請你收我當僕人吧。」

如何？雨蛙實在太老實善良了，才會立刻答應當黑斑蛙的僕人。這時黑斑蛙打開身後的房門，把之前那二隻雨蛙拽出來。然後對著全體雨蛙煞有介事說：

「聽著，我決定將這個團體命名為開羅團。我就是開羅團長。從明天起，你們都要聽我的命令，知道嗎？」

「好吧。」大家回答。這時，黑斑蛙站起來環繞屋內一圈。於是酒屋頓時變成開羅團長的大本營。之前本是四方形的房子，現在變成了六角形。

話說，這天就這樣過去了，到了第二天。太陽的金色光芒把後面的桃樹影子投射到三千寸之遠，天空蔚藍無雲，但是沒有任何人來委託開羅團工作。這時黑斑蛙召集大家說：

「都沒有人來委託工作呢。如果沒有工作，那我養你們也沒用。我還真是虧大了。不過沒工作的時候，最重要的就是先為忙碌時預作準備。換句話說，那些工作用的材料，必須趁這種時候先收集好。首先第一要緊的就是木頭。今天你們出去收集十根好木頭……十根太少了，呃，一百根，一百根也太少，那就收集一千根吧。如果湊不到一千根，我就立刻去報警。到時候你們通通會被判死刑喔。你們的粗脖子會被咻一下砍斷喔。脖子太粗可能沒辦法咻一下砍斷，那就咻咻兩下砍斷吧。」

雨蛙們嚇得痙攣，綠色的手腳抖個不停。然後踮起腳尖偷偷摸摸逃命似地跑到門外，按照一人負責三十三根三分三厘多這個數量，拼命尋找好木頭，可是能找的好木頭打從很久之前早就被找過了，所以就算大家跑來跑去四處尋找，到了傍晚也只找到九根。這下子，雨蛙都快哭了，像無頭蒼蠅似地急得團團轉，可是越急越找不到。這時正好有一隻螞蟻經過。看到大家在橙紅色夕陽中哭泣，已經面無血色慘綠得透明，螞蟻吃驚地問：

「雨蛙先生。昨天謝謝你們。你們這是怎麼了？」

「我們今天必須拿一千根木頭去給黑斑蛙。可是我們只找到九根。」

螞蟻聽了，開始哈哈哈地捧腹大笑。然後說：

「既然他叫你們拿一千根去，你們就拿一千根去不就好了。你們看，那邊像煙霧一樣的發霉樹，隨便抓一把不就有五百根了嗎？」

的確有道理，大家開心地跑過去，每人各拿三十三根三分三厘的發霉樹，向螞蟻道謝後，回到開羅團長處。團長看了很高興。

「嗯嗯。很好，很好。來，大家各喝一杯船來威士忌就去睡吧。」

於是大家各喝了一杯用小米粒杯子裝的船來威士忌，就暈頭轉向嘰嘰叫著睡著了。

第二天早上太陽再次升起後，黑斑蛙說：

「喂，各位，集合了。今天也沒有人委託工作。聽著，今天，你們要四處去花叢撿拾花的種子。一人一百顆，不對，一百顆太少了。那就一人一千顆，不，現在白天這麼長，一千顆太少了。還是一人一萬顆好了。你們一人去撿一萬顆回來。聽著，如果沒有按時回來，我就立刻把你們交給警察喔。警察會咻咻兩下把你們的脖子砍斷喔。」

雨蛙在陽光下全都嚇得面無血色慘綠得透明，一邊急忙朝花叢中走去。不過幸好花的種子如雨點似的掉得滿地都是，蜜蜂也在嗡嗡叫，於是全體雨蛙蹲在地上拼命撿拾。一邊撿還一邊這麼討論：

「喂，小碧，你撿得到一萬顆嗎？」

「如果不快點恐怕沒辦法，我才撿了三百顆呢。」

「剛才團長起先本來說撿一百顆。如果只需要一百顆就好了。」

「嗯。接著他又說一千顆。一千顆也還好。」

「就是啊。我們當初幹嘛喝那麼多酒呢。」

「我也正在想這個問題。總覺得喝了第一杯就有第二杯，有了第二杯就有第三杯，好像一杯接一杯環環相扣。我現在想想，就是那樣才會一下子喝了三百五十杯。」

「沒錯。啊，再不快點就糟糕了。」

「對對對。」

話說，大家撿呀撿呀，到傍晚好不容易湊到一萬顆，回去見開羅團長。

結果黑斑蛙開羅團長很高興。

「嗯。很好，來，來，每人喝一杯舶來威士忌就去睡吧。」他說。

雨蛙們非常開心，大家各喝了一杯小米粒杯子裝的舶來威士忌，倒頭就呼呼大睡。

隔天早上雨蛙們醒來一看，又來了一隻黑斑蛙，正在和團長說話：

「總之一定要搞得越盛大越好。否則會成為笑柄。」

「就是啊。怎樣，一個人九十圓如何？」

「嗯。這個價位應該可以。」

「行吧。咦，大家都起來了，今天該叫這些傢伙做甚麼好呢？每天沒工作真是傷腦筋。」

「嗯。這點我深表同情。」

「今天讓他們去搬石頭好了。喂，你們今天給我一人搬九十匁石頭回來。

不，九十匁太少了。」

「嗯。九百貫[3]比較順口。」

「沒錯，沒錯。不知好上太多了。喂，大家聽著。今天每個人都給我搬九百貫的石頭回來。如果沒回來，我就立刻把你們交給警察。這裡也有法院的大人物光臨。把你們的脖子咻咻兩下砍斷，比吃飯還容易。」

雨蛙全都嚇得面無血色慘綠得透明。這也難怪。一個人要搬九百貫的石頭，就連人類都做不到。況且說到一隻雨蛙的重量，頂多是八、九匁吧。現在居然要在一天之內每人搬九百貫的石頭，大家光是用想的就頭暈，也難怪他們會呱呱叫著癱倒在地上。

黑斑蛙立刻又拿出鐵棍到處敲打每隻雨蛙的腦袋。雨蛙只好眼冒金星地出門工作了。就連太陽公公看起來都好像在很遠很遠的天邊一隅，變成三角形不

3 一匁為千分之一貫。一貫約三・七五公斤。九百貫約三千三百七十五公斤。

停轉呀轉。

大家來到有石頭的地方。之後努力把重達一百匁的石頭綁在一起，嘿咻嘿咻地吆喝著開始拉扯。大家太拼命了，因此弄得滿身大汗，全身變得濕漉漉，世界似乎也變得一片漆黑。但即便如此，三十隻雨蛙還是努力把石頭搬到開羅團長家了，這時已經是中午。而且大家累得東倒西歪，已經睜不開眼也站不穩了。啊——啊，問題是，接下來在天黑之前還得再搬八百九十九貫九百匁的石頭，否則脖子就會被咻咻砍斷。

開羅團長這時正好在家裡呼呼大睡剛剛才醒來，他慢吞吞走到外面一看，雨蛙們有的坐在搬回來的石頭上嘆氣，有的躺在泥土地上張開手腳累得睡著了。藍色的影子在日光中清透美麗地落到地面上。團長氣得連忙回家拿鐵棍，在他轉身離開時，醒著的雨蛙已急忙把睡覺的雨蛙搖醒，等團長再次回來時，大家都已站得好好的。開羅團長說：

「你們這些懶鬼搞甚麼！耗了這麼久才搬來這麼一點石頭？你們真是窩囊

廢。如果是我，區區九百貫的石頭，我三十分鐘就可以搬完。」

「我們實在做不到。我們已經快累死了。」

「呸，沒出息！快點搬。天黑時如果還沒搬完，我就把你們都交給警察。讓警察咻咻兩下砍斷你們的脖子。笨蛋！」

雨蛙們自暴自棄地豁出去叫喊：

「那你快把我們送去警局吧！咻咻甚麼的聽起來倒是有意思！」

開羅團長氣得怒吼：

「哼，你們這些沒出息的笨蛋！

哼，嘎——啊啊啊啊啊。」

開羅團長的神情忽然變得很奇怪，嘴巴猛然閉上。可是「嘎——啊啊啊啊啊啊」的聲音還在繼續。原來那根本不是從開羅團長的喉嚨冒出來的。是藍天上高高響徹四周的蝸牛用喇叭發出的聲音。他是來傳達國王陛下的新命令。

「注意，這是新命令。」雨蛙和黑斑蛙一聽，連忙立正。蝸牛吹的喇叭聲聽來格外快活響亮。

「國王陛下的新命令。國王陛下的新命令。就一條。要求別人做事的方法。要求別人做事的方法。第一，要求別人做事時必須用對方的重量來除自己的體重得出答案。第二，用那個答案乘以要求對方做的工作。第三，自己必須先用二天時間做完那個工作。以上。凡是違反命令者一律移送鳥國。」

雨蛙們一聽簡直高興死了，其中有一隻擅長算數的青蛙小捷，更是已經開始心算了。被要求去工作的我們體重十匁，要求我們工作的團長體重一百匁，一百匁除以十匁，答案是十。團長要求我們搬的石頭是九百貫，九百貫乘以十，得出的答案是九千貫。

「是九千貫耶。喂，你們知道嗎！」

「團長。接下來到天黑之前，請你搬運四千五百貫的石頭。」

「這是國王陛下的命令。請你快去搬。」

這次輪到黑斑蛙面無血色，褪成透明的黃褐色，然後開始渾身哆嗦。

雨蛙團團包圍黑斑蛙，把他帶去有石頭的地方。然後把重達一貫的石頭綁在繩子上，

「好了，天黑之前你搬運四千五百趟就行了。」雨蛙說著把繩子尾端掛在開羅團長肩上。團長似乎也終於認命了，把手裡的鐵棍一扔，兩眼一瞪，朝著要搬運石頭的方向看去，但他其實還是提不起勁去認真拉繩子。這時雨蛙齊聲鼓譟：

「一二，一二，一二，一二三！」

開羅團長被大家的吆喝聲催促，只好四腳用力撐地開始拉繩子，但石頭文風不動。

黑斑蛙汗流浹背，張大嘴巴猛喘氣。四周景物似乎都在旋轉，變成了褐色。

「一二，一二，一二，一二三！」

黑斑蛙再次四腳撐地用力，最後腳喀擦一響，軟趴趴地折彎了。雨蛙們哄

然大笑。但不知為何，之後突然變得安靜。那真的是非常非常安靜。各位，這種時候的寂寞，我實在無法以言語形容。大家懂嗎？一起放聲嘲笑別人之後忽然安靜下來的那一刻，那種寂寞。

就在這時，蔚藍的天空上又響起蝸牛拿大喇叭發出的聲音。

「國王陛下有新的命令。國王陛下有新的命令。一切生物都是善良可憐的。不可互相憎恨。完畢。」然後聲音又去了另一頭，「國王陛下有新的命令……」繼續響徹四周。

這時雨蛙全都跑過來，給黑斑蛙喝水，替他扳正彎曲的腳，輕拍他的背部。

黑斑蛙汩汩流下悔悟的淚水，

「啊，各位，都是我的錯。我再也不是你們的團長了。我終究只是普通的蛙類。從明天起我要當裁縫。」

雨蛙都很高興，報以熱烈掌聲。

第二天起，雨蛙們又像以前一樣愉快地工作。

各位。下雨刮大風的隔天，或者晴朗的好天氣，不知你們可曾在田裡或花壇後面聽見這樣窸窸窣窣的聲音呢？

「喂。小貝。那邊幫我再弄平一點。沒問題。喂喂。要種在這裡的不是雀帷子[4]，是雀鐵炮[5]啦。對對對。兩者都有個雀字，所以一不小心就搞錯了。哈哈哈。嗨。小碧。喂。小碧，那個洞幫我埋起來。好了嗎。喂，我要丟囉。好，來吧。啊，糟糕。來，用力啦。嘿咻……」

4 雀帷子（早熟禾，Poa annua），禾本科早熟禾屬，分布各地的野生一年生或多年生草本植物。因花穗形狀而得名。

5 雀鐵炮（看麥娘，Alopecurus），禾本科看麥娘屬，群生於菜園或潮濕田地的二年生草本植物。同樣因花穗形狀而得名。

黃色番茄

博物局十六等官
邱斯泰誌

在我們鎮上博物館的大玻璃櫃中，有四隻蜂雀[1]，是標本。

就是那種活著的時候會嗡嗡叫，像蝴蝶一樣吸食花蜜的嬌小可愛的蜂雀。在四隻蜂雀之中，我尤其喜歡那隻停在最高處的枝頭，張開雙翼彷彿下一刻就要飛向藍天的蜂雀。它有紅色的眼睛，光滑的藍綠色胸脯，傲然挺起的胸脯上還有波浪形的美麗花紋。

記得在我小時候，有一天清早，我去上學前悄悄站在玻璃前，那隻蜂雀忽然用細如銀針的美妙嗓音對我說：

「早安。潘貝爾其實是個好孩子，偏偏做了可憐的事。」

這時窗戶還垂掛著厚重的褐色窗簾，因此室內有點像把啤酒瓶碎片湊近眼前時的模樣。於是我也開口問候：

「早安，蜂雀。潘貝爾這個人做了甚麼？」

蜂雀在玻璃那頭說：

「噢，早啊。他妹妹涅莉其實也是個可愛的孩子，真是可憐啊。」

「到底是怎麼一回事你快告訴我。」

於是蜂雀稍微張嘴彷彿笑了，然後又說：

「那我告訴你，你先把書包放到地上坐著再說。」

叫我坐在裝書本的書包上讓我有點怪為難的，可我很想聽那個故事，所以還是照著做了。

於是蜂鳥開始敘述。

「每天爸爸媽媽工作時，潘貝爾和涅莉就在一旁玩耍。（原注：以下似乎缺了一張原稿。）

1 蜂雀，蜂鳥科，是世上最小型的鳥類，可高速拍翅。除了吃花蜜也捕食昆蟲、蜘蛛類。

這時我也說，

『再見。再見。』然後我就從潘貝爾家的美麗花木之間筆直飛回家了。

之後他們當然也磨了小麥。

兄妹倆把小麥磨成粉時，我總會去旁觀。磨麥子的日子，潘貝爾的捲髮和淺黃色短背心乃至寬鬆的棉質長褲，想必全沾上麵粉變得雪白，就這樣在紅色玻璃的水車小屋默默工作吧。涅莉一會忙著把那些麵粉每四百格林[2]裝成一袋，一會累了就茫然倚門眺望田野。

那種時候我會飛過去調侃涅莉說，妳這麼喜歡雜草啊。另外，他們當然也種了高麗菜。

二人採收高麗菜時，我也會去旁觀。

潘貝爾砍斷高麗菜粗大的根部，把菜滾過菜園，涅莉就雙手捧起高麗菜放入漆成水藍色的獨輪車。然後二人推著車子把高麗菜運到黃色玻璃的倉庫。綠色高麗菜滿地滾的景象非常壯觀喔。

二人相依為命過著非常愉快的生活。」

「那裡沒有大人嗎？」我忽然想到這個疑問，於是問道。

「那一帶沒有任何大人[3]。潘貝爾和涅莉兄妹二人相依為命，他們過得非常愉快。但他們其實很可憐。

潘貝爾這孩子明明是個好孩子卻那麼可憐。

涅莉明明是個可愛的女孩卻那麼可憐。」

這時蜂雀忽然不吭氣了。

而我已經坐立不安。

蜂雀最後就這麼安靜地在玻璃櫃內陷入沉默。

我起先忍耐了一會，雙手抱膝乖乖坐著，但是蜂雀實在沉默太久了，說到

2 格林（grain），重量單位，相當於〇．〇六四八公克，四百格林約二十六公克。

3 這句和前面提到的「爸爸媽媽工作時，潘貝爾與涅莉就在一旁玩耍」自相矛盾。這可能是原稿夾雜了親筆草稿及複印稿未經整理。

那種沉默，看起來簡直像在強調就算是死人又從墳墓爬出來，牠也絕對不會開口。因此我再也忍無可忍。我站起來走到玻璃櫃前雙手放在玻璃上，對裡面的蜂雀說：

「哪，蜂雀，那個潘貝爾和涅莉後來到底怎樣了？到底是怎麼回事嘛，哪，蜂雀，你快告訴我。」

但蜂雀還是緊閉尖細的嘴喙，凝視白臉山雀的方向再也不肯回答我。

「哪，蜂雀，你告訴我嘛。說話不能這樣只說一半啦，蜂雀。快告訴我。快點，剛才的故事後來怎樣了。你為什麼不肯說呢？」

玻璃被我呵出的氣弄得霧濛濛。

就連四隻美麗的蜂雀看起來都好像變得朦朧了。我終於哭了出來。

因為那隻美麗的蜂雀剛才明明還用美妙如銀絲的聲音和我說話，忽然卻變得很僵硬像是死掉了，眼睛也變成普通的黑色玻璃珠，永遠只看著白臉山雀。而且連牠到底是真的在看，或者只是把眼睛對著那邊都完全無法分辨。更何沉，那對被太陽曬黑的可愛小兄妹潘貝爾與涅莉好像還發生了甚麼非常可憐的遭遇，你說我怎麼能不哭。為這個原因我可以哭上整整一星期。

這時我的右肩忽然一沉。而且感到一股暖意。我吃驚地轉過頭，只見看門的老爺爺正憂心地皺起雪白的眉毛站在我身旁，把手放在我的肩上。看門的老爺爺說：

「你為什麼哭得這麼傷心呢？是不是肚子疼？一大早就來鳥類的玻璃櫃前哭得這麼傷心，可不是好事。」

但我就是無法停止哭泣。老爺爺又說：

「不可以哭得這麼大聲喔。

距離開門時間還有一個半小時，我只偷偷放了你一人進來。

如果你哭得這麼大聲讓外面的人聽見了，大家豈不是要來向我抗議嗎？快別那樣哭了。你為什麼哭得這麼傷心？」

我終於委屈地開口：

「因為蜂雀不肯再跟我講話。」

老爺爺聽了放聲大笑。

「噢，蜂雀又跟你說了甚麼是吧。然後就忽然沉默了吧。那傢伙壞透了。老是用這招戲耍別人。好。看我來教訓牠。」

看門的老爺爺走到玻璃前。

「喂，蜂雀。今天這已經是你第幾次了？我可要記在小本子上喔。我會記下來喔。你太壞了，我要告訴館長大人讓他把你送去冰島。

喂。好了小弟弟。我保證這傢伙會告訴你。快把眼淚擦乾。瞧你的臉哭得像小花貓。這下子不是乾乾淨淨清清爽爽了。

等牠講完故事你就快去上學吧。

如果耗太久，這傢伙厭煩了又會講些討厭話。知道嗎？」

看門的老爺爺替我擦去眼淚之後，雙手背在背後又窸窸窣窣去另一頭巡邏了。

當老爺爺的腳步聲從這個昏暗的褐色房間消失在鄰室時，蜂雀又把頭轉向我了。

我嚇了一跳。

蜂雀用細小如口琴的聲音悄悄對我說：

「剛才很抱歉。因為我太累了。」

我也溫和地回答：

「蜂雀，我一點也沒生氣喔。請你繼續剛才的故事吧。」

蜂雀開始娓娓道來。

「潘貝爾和涅莉真的很可愛。二人住在藍色玻璃的房子裡，把窗子關緊後，就像是住在海底。然後我就聽不見二人的聲音了。

因為那是非常厚的玻璃。

不過看到二人低頭看著一本大簿子一起張嘴閉嘴的，任誰都能一眼看出他們是在一起唱歌吧。我非常喜歡這樣一直盯著二人小巧的各種嘴形，所以總是站在院子的紫薇樹上。潘貝爾真的是個好孩子偏偏那麼可憐。

涅莉明明也是個可愛的女孩卻那麼可憐。」

「所以他們到底是怎麼了？」

「所以說，二人真的過得很開心，如果光是那樣本來還好。問題是，二人在田裡種了十棵番茄。其中五棵是龐德羅莎[4]，五棵是紅櫻桃[5]。龐德羅莎會結出紅通通的大果實，紅櫻桃會結滿像櫻桃那麼大的紅色果實。我雖然不吃番茄，但我真的很愛看龐德羅莎。有一年同樣還是有這二種番茄苗，種下的也是這二種。番茄苗越長越大，葉子開始散發番茄的青澀氣味，莖部也冒出細小的金色顆粒。

不久後結了果實。

沒想到五棵紅櫻桃中，只有一棵是奇特的黃色。而且閃閃發亮。鋸齒型的墨綠色葉片間露出耀眼的黃色番茄，特別好看。於是涅莉說：

『哥哥，那個番茄為什麼如此耀眼呢？』

潘貝爾把手指抵在唇上思考片刻後回答：
『是黃金。因為那是黃金，所以那樣閃閃發光。』
『天啊，那是黃金嗎？』涅莉有點驚訝地說。
『真好看。』
『是啊，真好看。』
之後兄妹倆當然沒摘下那黃色番茄，連碰都沒碰一下。
結果就發生了真的很可憐的事。」
「到底是怎麼了？」
「所以說，二人過得如此快樂，如果能夠永遠那麼單純就好了。問題是某個傍晚，二人替羊齒葉澆水時，很遠很遠的原野那頭隨風飄來一種無法形容的奇特又美妙的聲音。那個聲音真的很美妙。雖是斷斷續續隨風飄來，卻彷彿帶

4　龐德羅莎（Ponderosa），美國品種的番茄，果實碩大肉質豐厚呈桃紅色。
5　紅櫻桃（Red Cherry），小顆番茄的代表品種。

有鈴蘭或香水草的芳香，就是那樣的聲音喔。二人停下拿澆水壺的手，面面相覷了半晌，最後潘貝爾說：

『哪，我們去看看吧，那聲音怪好聽的。』

涅莉當然更想去一探究竟。

『走吧，哥哥，我們馬上走。』

『嗯，現在就走。放心，沒啥好怕的。』

於是二人手牽手走出果園，朝那頭拼命跑去。

聲音非常遙遠。翻越二座長滿樺樹的小山丘還是無法接近那個聲音，越過三條生著楊柳的小溪流後，聲音依然在遠方。

但好歹還是稍微接近了。

二人鑽過二棵榧樹形成的拱門後，那個奇妙的聲音已不再只是斷斷續續了。

於是二人打起精神，拿上衣的袖子擦去汗水繼續奔跑。

聲音漸漸越來越清晰了。也加入了幽幽的笛音，甚至還有嘹亮的大喇叭聲。這時我已經全都明白了喔。

『涅莉，就快到了，妳緊緊抓住我。』

涅莉用布包裹的雞蛋形小腦袋默默點了一下，咬唇繼續跑。

二人再次繞過生長樺樹的山丘時，眼前忽然出現一條白色煙塵滾滾的大路橫亙。右方清楚傳來剛才的聲音，左方又有一團白色煙塵朝這邊湧來。滾滾煙塵之中，不時有馬蹄閃現。

不久那團煙塵逐漸接近了。潘貝爾和涅莉兄妹倆緊握著彼此的手，屏息注視那景像。

當然我也在看著。

終於出現的是七名騎士。

馬跑得汗流浹背閃著烏光，鼻孔呼呼噴氣，安靜地奔跑。騎士都穿著紅襯衫，閃閃發亮的紅色皮革長靴，帽子上插著鷺鷥羽毛還是甚麼的白色輕飄飄的東西。其中有蓄鬍的大男人，但隊伍最後也有像潘貝爾這樣臉頰通紅眼珠漆黑的可愛小孩。滾滾煙塵讓太陽都朦朧泛紅。

成年人都對潘貝爾與涅莉視若無睹逕自走遠，但隊伍最後那個可愛的小孩，看到潘貝爾就把手指抵在唇上送來飛吻。

然後大家就這麼走了。從大家奔赴的方向，越發清晰傳來那美妙的聲音。不久，大家繞過那頭的山丘消失了，但左方又有人緩緩來臨。

那玩意約有小房子那麼大，看似白色箱子，被四、五人合力扛來。漸漸走近才發現，扛白色箱子的都是黑人，唯獨眼睛炯炯發出精光，只穿了丁字褲八成是打赤腳。他們簇擁著那個白色方形物體走來，但那白色物體原來不是盒子。是白布撐起舉向四方，像日本的蚊帳一樣，底下有四條灰色粗腿緩慢地上上下下。

潘貝爾與涅莉既害怕黑人又覺得有趣。方形的東西雖然可怕，但也很稀奇。這時一行人走過去後，兄妹倆面面相覷。然後啞聲說，

『我們跟去看看吧？』

『好，走吧。』

二人離得遠遠的跟在後頭。

黑人不時會叫嚷一些讓人聽不懂的字眼，或者望著天空蹦蹦跳跳。四條粗腿慢吞吞地抬起又放下，不時也傳來呼呼的呼吸聲。

兄妹倆越發握緊彼此的手跟著走。

後來太陽變得異樣發紅混濁，墜入了西邊的山裡，只剩下無垠天空泛出昏黃光芒，草色漸漸由綠轉黑。

之前的聲音越來越近，就在對面山丘後，可以聽見疑似剛才那些馬的嘶鳴聲和打響鼻的聲音。

方形房子裡的生物把粗腿上上下下挪動了上百次之後，潘貝爾與涅莉忽然吃驚地揉眼睛。遠方竟是座大城市，而且燈火輝煌。眼前則是平坦的草地，矗立巨大的帳篷。帳篷是用原木搭建的。雖然天色尚未全暗，已亮起無數的藍色瓦斯燈和拖著長長油煙的油燈，二樓掛有許多美麗的彩繪招牌。那些招牌的後方，又響起剛才的美妙聲音。招牌上也畫著剛才送飛吻的孩子，他雙手各撐著一匹馬，正在表演倒立。剛才看到的馬此刻都綁在帳篷前，另外還有十五、六匹。所有的馬都在嚼食燕麥。

成年男人與婦女孩童成群聚集在草原上仰望招牌。

招牌後面，頻頻響起之前那種聲音。

然而在這麼近的距離下，聲音聽來並沒有那麼美妙。

其實不過是普通樂隊罷了。

只是那聲音在行經原野的途中，隨著聲音漸漸模糊，沾上了一股花香。

白色的方形房子，也緩緩走進去了。

裡面有某種東西以尖細高亢的聲音叫喚。

人越來越多。

樂隊像傻瓜一樣起勁演奏。

人潮彷彿被吸引，三五成群地走進去了。

潘貝爾和涅莉大氣也不敢出，看得目不轉睛。

『我們也進去吧。』潘貝爾興奮又緊張地說。

『進去吧。』涅莉也回答。

然而二人都無法安心。因為眾人在入口好像會交給守門的人某樣東西。

潘貝爾走近幾步，定睛看去。是死命地盯著看喔。

原來那是碎銀子或金子。

只要交出金子，守門的人就會還給那人碎銀子。

然後那個人就進帳篷了。

因此潘貝爾也急忙翻口袋找金子。

『涅莉，妳在這裡等著。我回家一下。』

『我也一起去。』涅莉說，但潘貝爾已經跑走了，涅莉擔心得快哭了，又轉頭去看招牌。

之後我很擔心，考慮了老半天到底該守著涅莉還是該跟著潘貝爾，但我在那附近飛來飛去看了又看，只見大家都在注視招牌，並沒有發現任何可能會擄走涅莉的惡棍。

於是我終於安心，跟著潘貝爾飛走了。

潘貝爾跑得飛快。初四的月亮靜靜高掛在西方天空，藉著那朦朧的淡藍色月光，潘貝爾不停向前跑。要追上他，真的費了我好大的勁。只覺得頭暈眼花，風聲呼呼響。樺樹和楊樹全都黑漆漆，草地也黑漆漆，潘貝爾就這樣不停跑過其中。

然後他衝進了那個果園。

玻璃房子在月光下散發令人懷念的光芒。潘貝爾駐足看了一下，接著又繼續奔跑，從看起來黑漆漆的番茄樹上，從那結著黃色果實的番茄樹上，他摘下四顆黃色番茄。然後宛如一陣風或暴風雨似地燃燒著汗水與悸動，潘貝爾掉頭又朝剛才的草地跑回去。連我都已精疲力盡了。

涅莉一直頻頻望著這邊。

但潘貝爾對涅莉說，

『好了，行了，我們進去吧。』

涅莉高興得跳起來，兄妹倆手拉手來到帳篷門口。潘貝爾默默遞上二顆番茄給守門人。

守門人說，『好的，歡迎光臨。』一邊接下番茄，然後忽然神情古怪。

守門人盯著番茄打量了一會。

然後他忽然臉孔扭曲地咆哮：

『搞甚麼鬼！你這臭小子！居然敢耍我。區區二顆番茄，就想讓我把你們塞進這大帳棚中！快給我滾，混蛋！』

他說完把番茄一扔。他扔掉了那黃色番茄。其中一顆狠狠砸中涅莉的耳朵，涅莉放聲大哭，眾人哄然大笑。潘貝爾迅速撈起涅莉抱著她逃走。

大家的笑聲聽來如陣陣浪濤。

逃到黑暗的山丘之間時，潘貝爾忽然也大哭起來。那種情景有多可悲，你肯定不知道。

之後兄妹倆除了偶爾抽咽兩下，始終保持沉默，就這樣沿著白天跟隨大象走來的路上回去了。

然後潘貝爾握緊拳頭，涅莉不時吞嚥口水，翻越長滿樺樹的漆黑小山，就這樣回到家。唉，真是可憐哪。真的太可憐了。你懂了嗎？那就再見了，我不會再說了。不可以把老爺爺叫來喔。再見。」

說完，蜂雀細長的嘴喙又噘著緊緊閉上，眼睛默默望著那一頭的白臉山雀。

我也感到很悲傷，

「蜂雀，那就再見了。我會再來的。但你如果又想說甚麼了，一定要告訴我。再見。謝謝你。蜂雀，謝謝你。」

我邊說邊悄悄拿起書包，安靜地從那宛如褐色玻璃碎片的房間走到走廊上。驟然接觸到外面過於明亮的光線，再加上那對兄妹太可憐，讓我的眼睛刺痛，不禁潸然落淚。

那是我還很小的時候發生的故事。

檜木與雛罌粟

成片的雛罌粟[1]火紅燃燒，各自迎風搖來搖去，甚至好像來不及喘氣。在那片雛罌粟的後方，同樣被風吹得頭髮與身體亂糟糟卻仍然堅持挺立的年輕檜木說：

「你們都是火紅色的帆船，此刻正碰上海上暴風雨。」

「討厭，我們才不是那種帆船。你這個光長個子不長腦子的笨檜木！」雛罌粟齊聲說。

「還有對面那個，是剛出爐還在燃燒的銅製生物。」

「討厭，太陽公公才不是那種紅銅。你這個光長個子不長腦子的笨檜木！」雛罌粟齊聲高喊。

可是這時太陽公公沙沙沙地大聲呼吸四、五下後墜入了琉璃色山脈。風變得更強勁，檜木也彷彿墨藍色的馬尾巴，雛罌粟好似全都生病發高燒，對著南風喃喃囈語，但風毫不理會他們，逕自朝另一頭飆去。

雛罌粟這時終於稍微安靜下來。東邊有四座巍峨的雲峰略顯蒼白地並排聳立。

最矮小的雛罌粟悄悄地自顧著說：

「唉，無聊死了，無聊死了，一輩子都只能當合唱團員。如果能讓我當一次大明星，我死而無憾。」

隔壁帶有黑斑的那朵花立刻接腔：

「我當然也這麼想。反正就算當不了明星，明天也一樣會死。」

「哎呀，就算不是明星，如果能像妳這麼氣派，也已經很好了啦。」

「少來了，少來了。我都快無聊死了。當然我的確是比妳好一點啦。我自己也這麼覺得喔。但是如果跟人家泰克拉閣下比呢？我連她的一根小指頭都比不上。就連藍背心的牛蠅和黃色條紋的蜜蜂都是直接飛去找她。」

這時惡魔化身成一隻小青蛙，披著貝多芬那種青色長外套，還拉著自家弟

1 雛罌粟（Papaver rhoeas），亦稱虞美人草。江戶時代傳入日本，初夏開花。

子幻化成的比新月更高雅的玫瑰姑娘的小手，十萬火急地從對面的葵花花壇那邊走來。

「啊，我走錯路了嗎？或者是地圖有誤？失策，失策。那麼，就問一下路吧。請問，擅長美容術的那戶人家在哪裡？」

雛罌粟看著美麗的玫瑰姑娘，又聽到美容術這幾個字，全都嚇了一跳，但大家都很害羞，沒有回答。惡魔青蛙對玫瑰姑娘說：

「原來如此，看來這一帶的雛罌粟全都是聾子啊。而且還很無知。」

化身為姑娘的惡魔弟子把小嘴噘成三角形，非常溫順地點頭同意。

女王泰克拉一聽，鼓起天大的勇氣說：

「請問您有何貴幹？」

「啊，不好意思。呃，我想請教一下，美容院在哪裡？」

「這個嘛，很不巧，我並不知道這樣的地方。那真的在這附近嗎？」

「那當然。我這個女兒以前長得尖頭銳面很奇怪，讓我非常擔心，幸好有美容院的助手前前後後來了三次替她美容，現在總算是好歹可以帶出來和各位交際來往，明天我要帶她去紐約了，所以我們特地前來聊表謝意。那我失陪了。」

「啊，等一下。請等一下。那位美容大師願意去任何地方出差嗎？」

「應該是吧。」

「那麼不好意思，能否麻煩您順便也請美容大師來我們這裡一趟？」

「噢。但我並不是那位美容大師的祕書。不過，總之我會幫你們把話帶到。喂，走吧。再見。」

惡魔拉著女兒的手，走到對面的河堤背後才擠著一隻眼說：

「你可以回去了。先用灰替我燉煮高麗菜與鯽魚。這次我要假扮美容醫生。」說著惡魔已變成一個白鬍子的矮小醫生。惡魔的弟子立刻化為大麻雀，咚的一聲飛走了。

東方的雲峰越來越高，越來越白，如今已高及天頂。

惡魔急忙來到雛罌粟前。

「呃，明明告訴我就在這一帶，可是好像也沒有掛出門牌……請問一下，雛罌粟住在哪裡？」

聰明的泰克拉興奮又緊張地說：

「那個，敝人就是雛罌粟。請問您是哪位？」

「是嗎，我是之前接到伯爵帶話的醫生。」

「這真是不好意思。也沒有椅子招待您，請到這邊來。您可以也讓我們變美嗎？」

「當然可以。只要吃三服藥，起碼就能像剛才的姑娘一樣。不過我的藥很貴喔。」

雛罌粟聽了全都花容失色唉聲嘆氣。泰克拉問：

「大概要多少錢呢？」

「這個嘛，一人五張大鈔。」

雛罌粟頓時鴉雀無聲。化身為醫生的惡魔也把玩著山羊鬍，逕自仰望寂靜的天空。雲峰漸漸瓦解，安靜地發出耀眼的金色，悄悄飄向北方。

雛罌粟還是很安靜。醫生也還是一直捏著鬍子，花壇遠方已經是朦朧的藍色。這時一陣風吹來，讓雛罌粟們喧嘩了一下。

醫生好像也動了一下眼珠子，但隨即又像之前一樣安靜無聲。

這時最小的雛罌粟豁出去說：

「醫生，我一毛錢也沒有。但是再過一陣子我的頭上會長出鴉片[2]。我可以通通給你，這樣行不行呢？」

「噢。用鴉片交換啊。雖然不大划算，不過我的確也需要那種藥。好吧。我同意。請妳寫張契約書。」

於是大家一起高喊：

「我也願意用鴉片交換！我也要！」

2 其實可以提煉鴉片的是「罌粟」，不是雛罌粟。此處應視為童話的虛構。

醫生非常困擾似地皺著臉思考，

「真拿你們沒辦法。好吧。就當是做善事。我同意。那請你們都寫張契約書。」

這下子不得了！我根本不會寫字！就在雛罌粟們都這麼想時，惡魔醫生已經從公事包取出一大疊印刷好的契約書。然後笑著說：

「那等我啪啦啪啦一張一張翻這些契約書時，你們就跟著說：『我願意把鴉片全數奉上。』」

雛罌粟一起嚷嚷著沒問題。醫生站起來說：

「那麼——」他拿起那疊契約啪啦啪啦啪啦翻。

「我願意把鴉片全數奉上！」

「很好。我立刻把藥給你們。一服，二服，三服。我現在先念第一服的咒語。然後這裡的空氣中，將會出現亮晶晶的紅色波浪。你們就把那個吞下去。」

惡魔醫生用非常不可思議的美妙聲音吟誦古怪的詩歌。

「怠於照耀正午的草木與土石，聚集紅光施展魔力漂浮於眾人之上。」

這時周遭已變成淺黃色的空氣中，真的有若隱若現的紅光形成微微的波浪蕩漾。雛罌粟為了讓自己變得最美麗，紛紛拼命吸取那陣風。

惡魔醫生站得筆直放眼四顧，等那紅光消失後又說：

「接著是第二服藥。怠於照耀正午的草木與土石，聚集黃光施展魔力漂浮於眾人之上。」

空氣中的淺蜜色忽隱忽現化為陣陣波浪。雛罌粟又拼命吸收。

「接著是第三服。」就在醫生正要這麼說時。

「喂，醫生，不要發出那麼奇怪的聲音好嗎？這裡可是聖喬凡尼的庭園！」檜木高叫。

這時一陣風唰地吹來。檜木高喊：

「你這個冒牌醫生，站住！」

這下子醫生大驚失色，像狼煙一樣猝然竄起，轉眼變成無比巨大的黑霧，飛到很遠很遠的地方去了。他的腳尖就像拔釘子的鍬子一樣尖，黑色公事包也如一陣輕煙霎時消失。

雛罌粟全都愣住了，呆呆仰望天空。

這時檜木說：

「你們差一點就被他吃掉腦袋了。」

「那樣又有甚麼關係，多管閒事的檜木！」

看起來已變得漆黑的雛罌粟全都氣呼呼說。

「才不是。如果你們還是青澀不成熟的罌粟就被喀擦喀擦吃掉，明年這裡就只能長出野草了，況且你們一心想當明星卻連明星究竟是甚麼都不知道。所謂的明星（star），其實就是天上的星星。你們看，那邊已經有星星出來了。再過一會，整片天空都是星星。對了，不是有個說法叫做『全明星大集合』嗎？換言之，那就是全明星大集合。雙子星座在雙子星該在的地方，利昂納神[3]也在利昂納神該在的地方，各自發出應有的光芒，這才叫做全明星大集合，懂嗎？話說回來，可喜可賀的是一直嚷著想當明星的你們可以直接稱為星星，而且這樣聚在一起正好是全明星大集合。至於理由是這樣的。聽好囉。

天上的花是星星，

地上的星星是花。」

「你在胡說甚麼啊。笨蛋檜木，如果只能當青澀不成熟的罌粟，我們寧可去死。還有剛才你那古怪的聲音。和惡魔閣下簡直有雲泥之別。哎喲，哎喲，多管閒事多吃屁，你這個傻高個檜木！」

雛罌粟果然還是很生氣。

然而，他們的臉孔看起來已是一片漆黑暗。那是因為雲峰全都瓦解變形，化為牛隻的形狀，四處皆有星星一閃一閃亮起了。

雛罌粟全都安靜下來。

---

3 利昂納神（Leone），指獅子座。

而檜木，再次陷入沉默，仰望傍晚的天空。

西方天空如今收斂了光芒，東方的雲峰漸漸坍塌，從那裡也有一顆銀色的星星開始閃爍。

輯二　無畏的微光

馬里布蘭與少女

舊城遺址的車前草已結籽，紅菽草的花枯萎成焦茶色，田裡的小米也收割了，田地角落的野鼠稍微探頭後又嚇得急忙縮回洞中。

山崖與壕溝都有大片芒草的銀穗耀眼地迎風搖曳。

舊城遺址中央，小小的方形山丘上有一叢盲葡萄[1]，果實已經熟透了。

一名少女拿著樂譜，邊嘆氣邊在葡萄樹叢旁的草地坐下。

微弱的太陽雨飄落，草地閃閃發亮，對面的山頭變暗了。

若有似無的太陽雨很快就停了，草地閃現新的光芒，對面山頭也變亮了，少女覺得刺眼，於是低下頭。

遠方的伯勞鳥彷彿凌亂散落的樂譜般紛紛飛來，成群結隊停在銀色的芒草穗上。

野葡萄叢滴滴答答落下晶瑩的水滴。

隱約有動靜從樹叢後傳來。是今晚將在市政府大廳演唱的馬里布蘭女士[2]拎起紫丁香色的裙襬，背著大家躲到這兒來了。

此刻，在她身後，冷風倏然吹過東方灰色的山脈上方，巨大的彩虹宛如光明的夢之橋溫柔掛在天邊。

少女拿著樂譜坐在地上嚇呆了。馬里布蘭對於這裡也有人毋寧深感意外，微微以眼神致意後，盯著出現彩虹的天空看了半晌。

是的。哪怕只有一句話也好，今天一定要和這位受人尊敬的天才說話！我就像山丘的小葡萄樹，懷抱著比夜空燃燒的火焰更明亮、更悲哀的心意，想要獻給遙遠的美麗彩虹——少女只想傳達這個念頭，還有，如果可以的話，如果可以的話，那個……（以下數行空白）

---

1 盲葡萄，野葡萄的方言說法，果實為小球形，但多半被昆蟲侵蝕成為蟲蛹，因此呈不規則扭曲的球形，不可食用。

2 瑪麗亞·馬里布蘭（Maria Malibran，1808-1836），是西班牙次女高音。一八二五年在倫敦出道，以歌劇首席女伶的身分廣受喜愛。一八二六年與法國銀行家馬里布蘭結婚隨即離婚。一八三六年與知名小提琴家兼作曲家貝里歐再婚，數月後猝死。

「馬里布蘭老師。請接受我的敬意。我是明日就要去非洲的牧師的女兒。」

少女平日清亮的嗓音不知跑到哪去了，嘶啞的聲音幾乎被風吹走一半，拼命如此高喊。

馬里布蘭原本痴迷眺望西方藍天的碧藍大眼睛瞥來，迅速發現樂譜上寫的少女名字。

「找我有甚麼事嗎？妳是吉爾達小姐吧？」

少女吉爾達猶如山毛櫸的樹葉顫顫煥發光彩，呼吸急促無法順利說出話。

「老師，請接受我衷心的敬意。」

馬里布蘭微微嘆氣，胸前黃色與紫色的珠寶也彷彿隨之一一發聲般閃現光輝。然後她說：

「妳也同樣受人尊敬。為何看起來鬱鬱寡歡呢？」

「我現在死而無憾了。」

「為什麼要這麼說？妳不是還很年輕嗎？」

「不。我的性命算不得甚麼。如果是為您，如果能夠讓您變得更偉大，我情願死上一百遍。」

「妳自己才是如此美麗。妳將要去非洲當地從事偉大的工作吧？那是遠比我這種人更崇高的工作。區區如我其實很無用。我的生命只有在唱歌的十到十五分鐘之間才有價值。」

「不，不是的，不是的。老師是能夠讓這世界及大家更美麗更偉大的人。」

馬里布蘭不禁微笑。

「是啊，我也這麼期許。不過妳馬上不就能做到了嗎？抱著正當、真摯的心態工作的人，會在時間的背後成就一樁偉大的藝術。妳看。遠方的藍天有一隻天鵝飛過。每隻鳥的身後都會留下飛過的痕跡。大家或許不會看那個，但我會看。我們同樣會留下自己的痕跡，打造出一個世界。那是所有人最崇高的藝術。」

「可是，您高高在天上大放光彩。所有的花草與鳥類都為您歌頌。我卻將無人聞問地在遼闊的森林中默默腐朽。」

「其實妳我都一樣。所有降臨到我身上讓我發光的東西，同樣也會讓妳煥發光彩。一切贈與我的讚美，也將同樣贈與妳。」

「請您指導我。請帶我走，隨意差遣我。我願意為您做任何事。」

「不，我哪也不去。我永遠在妳的思想中。在一切真實的光芒中同住同行者，將會永遠長相左右。不過，現在我真的該走了。太陽已變得太遙遠。伯勞鳥也將飛去。那我告辭了。再見。」

火車站那頭，響起尖銳的笛音，成群伯勞鳥頓時一齊飛起，就像瘋狂散亂的樂譜，亂糟糟地鳴叫著飛往東方去了。

「老師。請帶我走。拜託您指引我。」

美麗高貴的馬里布蘭看起來似乎微微笑了。又好似在為難地搖頭。

當四下變暗唯有天空的銀光漸增時，由於伯勞鳥太吵雜，最後一隻雲雀也莫可奈何，只好再次飛上高空，唱起稍微走調的歌曲。

歐茲貝爾與大象

某個養牛人的敘述……

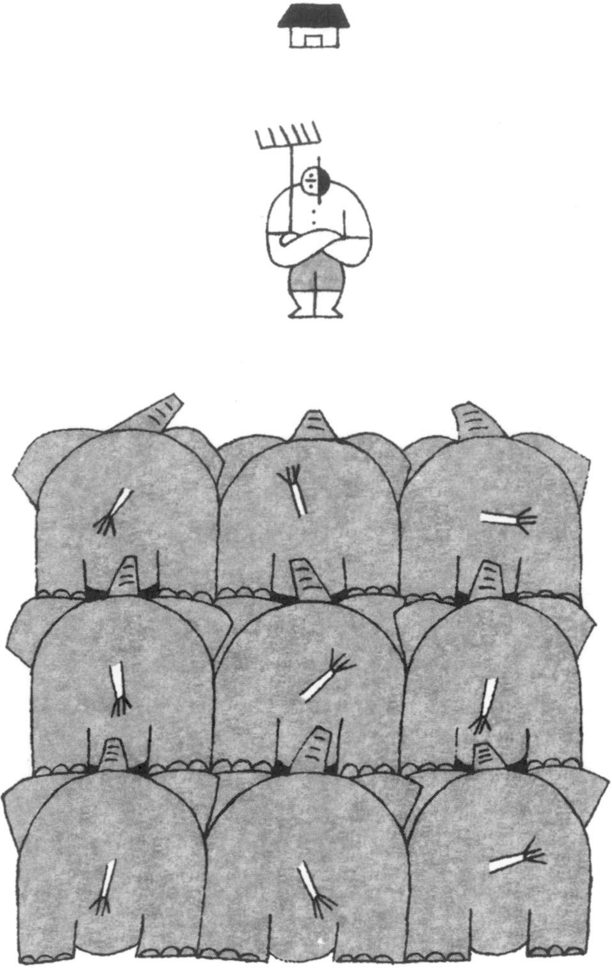

第一個星期天

說到歐茲貝爾實在了不起。他擁有六台脫穀機，嗡嗡嗡嗡嗡嗡地發出震天巨響正在操作。

十六個農民臉孔通紅地用腳踩著機器運轉，把堆積如小山的稻子一根不留地輾過，稻稈不斷被拋向後方，又形成新的小山。到處都是稻殼及稻稈散發的粉塵，弄得眼前一片朦朧變成黃色，猶如沙漠煙塵。

歐茲貝爾就在這陰暗的工作場所，叼著巨大的琥珀菸斗，瞇起眼一邊留意不要把稻殼落到稻草堆中，一邊將雙手在背後交握，悠悠晃晃地走來走去。

小屋非常堅固，大概有學校這麼大，畢竟有六台新式脫穀機同時運轉，所以嗡嗡嗡地不停震動。因此進去之後甚至會覺得飢餓。實際上歐茲貝爾也的確肚子餓了，午餐時熱呼呼地吃了六寸厚的牛排，還有抹布那麼大的煎蛋捲。

總之，就是這樣嗡嗡嗡地運轉機器。

這時不知怎地來了那頭白象。是白色的大象喔，不是用油漆塗的喔。為什麼會出現？因為牠是大象，所以八成是慢慢踱出森林，然後就不知不覺走來了吧。

那傢伙慢慢在小屋的門口露面時，農民們都嚇了一跳。為什麼嚇一跳？這問題問得好，因為不知大象會做甚麼呀。萬一打起來就麻煩了，所以農民全都拼命埋頭弄自己的稻子。

這時，歐茲貝爾站在成排的機器後面，把手插在口袋，犀利地瞄了大象一眼。然後迅速低頭，若無其事地繼續像之前一樣走來走去。

這時白象抬起一隻腳踩進小屋的地板了。農民們很緊張。但是工作很忙，況且萬一打起來會很麻煩，於是他們也不看大象，繼續處理稻子。

歐茲貝爾站在後方陰暗處，把雙手從口袋拿出來，又看了大象一眼。然後非常無聊似地故意打個大呵欠，雙手在腦後交握，四處走來走去。但大象威風凜凜地伸出兩隻前腳準備走進小屋。農民們很緊張，歐茲貝爾也有點愣住，巨大的琥珀菸斗忽地冒出煙。但他還是佯裝不知情，慢慢走過那裡。

大象終於大搖大擺進來了。然後開始悠哉地在機器面前散步。

由於機器運轉得飛快，噴出的米糠就像午後雷陣雨或冰霰似的啪啪啪打到大象身上。大象似乎覺得很煩，瞇起了小眼睛，但是再仔細一看，牠分明笑了一下。

歐茲貝爾終於下定決心，走到脫穀機前面想對大象說話，但就在這時，大象用非常悅耳、宛如黃鶯出谷的嗓音抱怨：

「啊，不行。機器轉得太快，沙子會打到我的牙齒。」

的確，米糠啪啪啪地打在象牙上，也打在大象雪白的腦袋與脖子上。

這下子歐茲貝爾抱著必死的決心，重新用右手拿穩菸斗，心一橫豁出去說：

「怎麼樣，這裡好玩嗎？」

「很好玩。」大象歪著身子，瞇起眼回答。

「那你何不留在這裡？」

農民們聽了大驚失色，屏息看著大象。歐茲貝爾說完後，自己也微微發抖。但大象不當一回事地回答：

「留下也沒問題喔。」

「是嗎。說得也是。那就這麼決定了。」歐茲貝爾的臉孔皺成一團，興奮得滿臉通紅說。

於是，這隻大象從此成了歐茲貝爾的財產。等著瞧吧，歐茲貝爾不是讓那隻白象替他賣命工作，就是把牠賣給馬戲團，反正不管怎樣他都能賺到一萬圓以上。

第二個星期天

歐茲貝爾實在了不起。而且上次在輾米小屋順利收歸己有的大象也很了不得。力氣足足有二十馬力。首先牠那雪白的外表就值得稱道，牙齒全都是漂亮的象牙。全身的皮膚也是氣派堅韌的象皮。而且非常勤快。但大象能那麼勤快工作，還是要歸功於主人厲害。

「喂，你不需要時鐘嗎？」歐茲貝爾來到原木建造的象舍前，叼著琥珀菸斗皺起臉問。

「我不需要時鐘。」大象笑著回答。

「你先拿去試試嘛，很好用喔。」歐茲貝爾說著把一個鐵皮做成的大鐘掛在大象脖子上。

「看起來挺不錯的。」大象也說。

「也需要鍊子吧。」歐茲貝爾說著又把重達一百公斤的鎖鏈栓在大象的前腳。

「嗯，鍊子也不錯。」大象走了三步說。

「何不穿上鞋子呢？」

「我不穿鞋的。」

「你先試試看嘛，不錯喔。」歐茲貝爾皺著臉，把紅色玩具紙老虎那麼大的鞋子套在大象的後腳腳跟上。

「挺不錯的。」大象也說。

「鞋子也需要裝飾。」歐茲貝爾說著，又急忙把重達四百公斤的秤砣穿在大象鞋子上。

「嗯，挺不錯的。」大象試走了二步，很高興地說。

第二天，鐵皮大鐘和單薄的紙鞋子破了，大象身上只掛著鎖鏈與秤砣，非常開心地走路。

「不好意思，稅金很重，所以今天得麻煩你替我去河裡打水。」歐茲貝爾雙手交握在身後，皺起臉對大象說。

「好，我去打水。要多少水都沒問題。」

大象瞇起眼很開心，這天中午過後牠從河裡打來五十桶的水。然後澆在菜園裡。

傍晚大象待在象舍，一邊吃十把稻草，一邊望著西方初三的新月，
「啊，工作真愉快，讓人神清氣爽。」牠說。
「不好意思，稅金又漲了。今天你幫我去森林搬點柴火回來。」隔天歐茲貝爾帶著有流蘇的紅帽子，雙手插在口袋裡，如此對大象說。
「好，我去搬柴火。天氣真好。我本來就最喜歡去森林。」大象笑著說。
歐茲貝爾聽了有點緊張，菸斗差點從手裡掉落時，只見大象已經非常愉快地緩緩邁步走去，於是他又安心地叼著菸斗，小聲乾咳了一下，去看農民們工作了。
這天下午，大象用半天的時間搬運了九百把柴火，瞇起眼很高興。
傍晚大象待在象舍，一邊吃八把稻草，一邊望著西方初四的月亮。
「啊，心情真輕鬆。聖母瑪利亞。」牠似乎在這麼自言自語。
第二天，
「不好意思，稅金漲了五倍，今天你去打鐵的地方幫我吹炭火好嗎？」

「好啊，我去吹。我如果認真用力，一口氣就可以吹起石頭喔。」

歐茲貝爾又緊張了一下，但他鎮定下來笑了。

大象慢吞吞去打鐵的地方，彎曲四肢坐下，代替風箱吹了半天炭火。

當晚，大象在象舍吃著七把稻草，望著天上初五的月亮，

「啊，好累啊，但是好開心啊，聖母瑪利亞。」牠如是說。

翌日起，大象又從一早開始工作。昨天吃的稻草也只有五把。虧牠只吃五把稻草還能使出這麼大的力氣。

用大象真是太划算了。這都是因為歐茲貝爾很聰明很厲害。歐茲貝爾真是了不起。

第五個星期天

歐茲貝爾啊，那個歐茲貝爾……我本來也正想說，他已經不在了。

你們先冷靜下來聽我說。上次說的那隻大象，歐茲貝爾做得有點過分了。他對待大象越來越苛刻，大象漸漸不笑了。有時甚至睜著猶如巨龍的紅眼睛，這樣定定俯視歐茲貝爾。

某晚，大象在象舍吃著三把稻草，一邊仰望初十的月亮，

「好痛苦啊。聖母瑪利亞。」牠說。

歐茲貝爾聽了，更加折磨大象。

又一晚，大象搖搖晃晃不支倒地，癱坐在地上也沒吃稻草，望著十一的月亮說，

「永別了，聖母瑪利亞。」

「咦，你說甚麼？永別？」月亮忽然問大象。

「對，永別了。聖母瑪利亞。」

「真是的，虧你塊頭這麼大，居然一點鬥志也沒有。你可以寫信給朋友呀。」月亮笑著說。

「我沒有筆也沒有紙。」大象用細小美妙的嗓音開始抽泣。

「你看，這不是嗎？」眼前忽然響起可愛孩童的聲音。大象抬頭一看，一個紅衣童子站在眼前，捧著紙和硯。大象立刻寫信。

「我遭到悲慘的待遇。大家快來救我。」

童子立刻拿著信朝森林走去。

紅衣童子抵達山中時，正好是午餐時間。這時山裡的象群正在沙羅樹的樹蔭下圍棋，立刻全都圍過來頭碰著頭看信。

「我遭受悲慘的待遇。大家快來救我。」

象群一同站起來，面色發黑地吼叫。

「去教訓那個歐茲貝爾！」大象議長一聲令下。

「好，出發吧！嗚啦啦啊嘎——喔啦啦啊嘎——」大家齊聲呼應。

好了，這下子象群如狂風暴雨穿過林中，吼叫著奔向原野。大家都瘋了。小樹被連根拔起，草叢也被踐踏得亂七八糟。牠們嘶吼著像煙火一樣衝到原野中。然後，牠們跑呀跑的，終於在遠方朦朧的綠色原野邊緣，發現歐茲貝爾家黃色的屋頂，象群一齊噴火了。

喔啦啦嘎——喔啦啦嘎——

這時正好是下午一點半，歐茲貝爾躺在皮革臥榻上睡午覺，正夢見烏鴉。由於吼叫聲太大，歐茲貝爾家的農夫們都跑到門外舉起手遮在眼睛上方向遠處眺望。好像是巨大如森林的大象大軍吧，比火車跑得還快。這下子，農夫們面無血色跌跌撞撞跑進屋，

「老爺，是大象。一群大象衝過來了！老爺，是大象！」他們放聲大喊。

可是歐茲貝爾果然厲害。當他睜開眼時，已對一切狀況胸有成竹。

「喂，大象那傢伙在小屋嗎？在嗎？在嗎？在吧。很好，把窗戶關上。把窗戶關上。快把象舍的窗戶關上。好，快去拿原木來。把牠給我關起來，小畜牲居然跟我玩花招，把原木綁到窗戶上頭。我看牠還能怎樣。我已經刻意削弱牠的力氣了。好，再拿五、六根來。好了，這下子沒問題了。絕對沒問題。就

叫你們別緊張。喂，各位，這次輪到門。把門也關上。拴上門栓。緊緊的。拴緊一點。對。喂，不是叫你們別擔心了。給我打起精神來。」歐茲貝爾做好準備，用喇叭似的宏亮嗓音激勵農夫。可是不知怎地，農民都很不安。他們不想被這樣的主人連累，所以大家紛紛拿出毛巾或手帕，管它是髒的還是白的通通纏繞在手上。這是投降的標誌。

歐茲貝爾越發激昂，四處跑來跑去。歐茲貝爾的狗也很激動，像著火一樣吼叫，在屋子裡奔跑。

不久，地面開始晃動，周遭的光線也變暗了，象群包圍了房子。牠們喔啦啦嘎——喔啦啦嘎——地大吼，在那可怕的喧鬧中，也傳來溫柔的聲音：

「我們馬上救你出來，你安心吧。」

「謝謝。幸好你們來了，我真的好高興。」象舍中也傳出聲音。好了，這下子，周遭的大象咆哮得更激動，繞著圍牆團團轉，不時也可從中看到憤怒揮舞的象鼻。但是圍牆是鋼筋水泥做的，因此象群難以破壞。歐茲貝爾一個人在牆內大吼大叫。農夫們已經兩眼發黑，只能焦急地轉來轉去。後來牆外的大象用同伴的身體當墊腳石，終於翻過圍牆，紛紛露臉。當歐茲貝爾養的狗抬頭看到那皺巴巴的灰色大臉時，立刻暈倒了。好，歐茲貝爾開槍了。那是六連發的手槍。砰！喔啦啦嘎！碰！喔啦啦嘎！砰！喔啦啦嘎！結果子彈完全不管用。打到象牙上會反彈。有一隻大象還說：

「這玩意挺煩人的。一直啪啪啪打到臉上。」

歐茲貝爾心想，以前好像在哪裡也聽過這種抱怨，一邊從腰帶拿出彈藥匣準備換裝子彈。這時候，一隻象腿從圍牆伸過來了。然後又一隻腿伸過來。五隻大象一起從圍牆掉下來。歐茲貝爾握著彈藥匣就這麼被壓扁了。門立刻開了，象群喔喔咆哮著一窩蜂衝進來。

「牢房在哪裡？」大家一起奔向小屋。原木就像火柴棍一樣被輕易折斷，那隻白象瘦得只剩一把骨頭走出了象舍。

「哇，太好了，你瘦了耶。」大家靜靜依偎在牠身旁，替牠卸下鎖鏈和秤砣。

「啊，謝謝。我真的得救了。」白象落寞地笑著說。

咦，（一字不明）[1]，我不是說過了不能去河裡玩！

1 首刊於雜誌時有一字為黑色方塊■（有些版本以逗點標記）。

貓咪事務所

關於某個小官衙的幻想……

輕軌火車站附近，有間貓咪第六事務所。這裡主要是調查貓的歷史與地理。

事務所的書記都穿著體面的黑色緞面短衣，而且非常受到大家尊敬，因此如果有誰因故辭去書記的工作，附近的年輕貓咪都會想盡各種辦法試圖頂替那個缺額。

然而，這個事務所的書記永遠只有四人，因此在眾多應徵者當中，只能勉強挑選出一個寫字最好看最會朗讀詩詞的。

事務長是隻大黑貓，已經有點老糊塗了，但他眼中彷彿有無數銅線縱橫，看起來非常威嚴。

至於他的部下，

一號書記是白貓，

二號書記是虎斑貓，

三號書記是三花貓，

四號書記是灶貓。

所謂的灶貓，並非天生的。生來是甚麼貓都行，只是夜裡習慣鑽進爐灶中睡覺，因此身上總是被煤灰弄得髒兮兮，尤其是鼻子和耳朵沾了黑漆漆的煤灰，看起來彷彿狸貓，遂有此稱謂。

因此其他的貓都很嫌棄灶貓。

但在這個事務所，事務長自己就是黑貓，所以這隻灶貓本來就算成績再怎麼優秀也不可能成為書記，卻還是在四十名競爭者當中脫穎而出。

寬敞的事務所中央，黑貓事務長大剌剌坐鎮在鋪著大紅色厚毛呢桌布的桌子後方，他的右側是一號白貓和三號三花貓，左側是二號虎斑貓和四號灶貓，四人各自在一張小桌前規規矩矩坐著。

話說回來，讓貓調查甚麼地理歷史之類的東西到底有甚麼用？

事情是這樣的。

比方說現在有人扣扣敲響事務所的門。

「請進！」黑貓事務長把手插進口袋挺起胸膛大喊。

四名書記低頭忙碌地查閱資料簿。

一隻裝扮奢華的貓走進來。

「請問有甚麼事？」事務長說。

「我想去白令地區[1]吃冰河鼠，不知哪裡最好？」

「嗯，一號書記，說出冰河鼠的產地。」

一號書記翻開藍色封面的大簿子回答：

「烏斯特拉高美納，諾巴斯卡亞，弗薩河流域。」

事務長對裝扮奢華的貓說：

「烏斯特拉高美納，諾巴……甚麼來著的？」

「諾巴斯卡亞。」一號書記和奢華貓一起說。

---

1 白令地區，真實的地名是白令海峽（阿拉斯加與西伯利亞之間水深僅有五十公尺的海峽）、白令海等。

「對，諾巴斯卡亞，還有甚麼？」

「弗薩河。」奢華貓和一號書記再次一起回答，令事務長有點尷尬。

「對對對，弗薩河。去那裡應該就對了。」

「那麼旅行時有哪些細節該注意呢？」

「嗯，二號書記，說說去白令地區旅行時的注意事項。」

「是！」二號書記翻開自己的簿子，「夏貓完全不適合旅行。」這時不知為何大家都冷眼朝灶貓看去。

「冬貓也需要細心注意。函館附近有被馬肉誘餌拐走的危險。尤其是黑貓，除非沿途充分表現出自己是一隻貓，否則往往會被誤認為黑狐，甚至可能遭到獵人認真追蹤。」

「好，正如以上所說。閣下並非我輩這種黑貓，所以應該不用太擔心。頂多在函館小心提防馬肉就好。」

「噢，那麼，當地的有力人士又是甚麼樣的人？」

「三號書記，報上白令地區有力人士的名稱。」

「是，呃，白令地區是吧……好，托巴斯基、甘佐斯基，就這二人。」

「托巴斯基和甘佐斯基是甚麼樣的人？」

「四號書記，大略描述一下托巴斯基和甘佐斯基。」

「是。」四號書記灶貓早已翻到簿子裡記載托巴斯基和甘佐斯基的那一頁，各用一隻短手夾著等候。此舉似乎令事務長和奢華貓都非常敬佩。

可是其他三名書記卻好像很看不起他似地冷眼旁觀，不屑地報以冷笑。灶貓非常努力地朗讀內容：

「托巴斯基酋長，德高望重。目光炯炯說話略慢。甘佐斯基財主，說話略慢目光炯炯。」

「哎，這下子我懂了。謝謝。」

奢華貓走了。

類似這樣，對貓來說很方便。不過就在這個故事發生正好半年後，這間貓咪第六事務所終於廢止了。至於原因，諸位想必也發現了，一到三號書記都很討厭四號書記灶貓，尤其是三號書記三花貓，巴不得自己來做灶貓的工作。灶貓雖然費盡心思想博取大家的好感，結果反而更糟糕。

比方說，某天，坐在鄰桌的虎斑貓正要把午餐的便當放到桌上開動時，忽然很想打呵欠。

於是虎斑貓盡可能高舉兩隻短胳膊，打了一個大呵欠。此舉在貓族之間即便是對長輩做也不算是無禮，如果換作是人類的話大概等於捻捻鬍鬚的動作，因此那倒是沒關係，問題是他兩腳用力一撐，把桌子稍微頂起，於是便當盒就這麼一路滑下去，最後滑到事務長面前的地板上。雖然便當盒撞得凹凸不平，幸好是鋁製的，並沒有撞壞。這時虎斑貓急忙打住呵欠，從桌面上方伸出手想要撿起來，可是手就是差了那麼一點，便當盒滑過來滑過去，始終無法順利抓住便當盒。

「喂，你這樣不行啦。搆不到。」黑貓事務長狼吞虎嚥吃著麵包一邊笑著說。這時四號書記灶貓也正好打開便當盒蓋，看到這一幕立刻站起來撿起便當想交給虎斑貓。不料虎斑貓勃然大怒，灶貓好心替他撿起便當他也不肯收，把手藏到身後，自暴自棄地甩著身子咆哮：

「幹嘛，你想叫我吃這個便當嗎！便當都已經從桌上掉到地上了，你還叫我吃！」

「不是，我是看你想撿起來，所以幫你撿而已。」

「我甚麼時候說我要撿了！嗯。我只是覺得那玩意掉在事務長面前太失禮，所以打算塞到我的桌子底下。」

「這樣子啊。我是看便當一直滑來滑去……」

「你太沒禮貌了。我要跟你決……」

「喵嗚喵嗚喵嗚喵嗚哇！」事務長高聲怒吼。這是為了不讓他說出決鬥，故意打斷他。

「好了，不要吵架。灶貓君也不是為了給虎斑貓君吃才撿起來吧。還有今早我忘記說了，虎斑貓君的月薪加十錢。」

虎斑貓起初面色猙獰，但還是勉強低頭聽訓，這下子，終於開心地笑出來。

「不好意思，吵到大家了。」然後冷冷瞪著隔壁的灶貓坐下來。

各位，我很同情灶貓。

之後又過了五、六天，類似的情形再度發生。這種事之所以一再發生，一方面是因為貓咪們太懶，另一方面是因為貓的前腿也就是雙手太短。這次是坐在對面的三號書記三花貓，早上開始工作前，筆咕嚕咕嚕滾啊滾的掉到地上了。三花貓雖然立刻站起來，卻懶惰地效法之前虎斑貓的做法，只將雙手隔著桌面伸出去試圖撿起筆。這次也同樣構不到。三花貓的個子特別矮，因此身子越來越向前伸，最後腳已離開椅子。灶貓因為有上次的教訓，所以遲疑片刻眨巴著眼不知該不該幫忙撿，但他最後終於還是看不下去站了起來。

正好就在這時，三花貓身體伸得太出去，砰的一聲翻倒，重重撞到腦袋從桌上跌落。由於弄出的聲響太大，連黑貓事務長都嚇得站起來，從身後的櫃子取出味道刺鼻的氨水瓶子想讓他清醒。不過三花貓立刻自己爬起來，惱羞成怒地猛然大吼：

「灶貓，你居然敢推我！」

但這次，事務長立刻安撫三花貓：

「不，三花貓君，那是你誤會了。灶貓只是好心想幫忙才站起來一下。他根本沒有碰到你。不過，這點小事其實不算甚麼啦。好了，呃，我得處理桑同坦的遷居申請，對對對……」

事務長立刻埋頭做自己的工作。三花貓也只好開始工作，但他還是不時用凶惡的眼神瞪著灶貓。

在這種情況下，灶貓實在很不好受。

灶貓一再試圖睡在窗外想當一隻普通的貓，可是到了夜裡就會冷得打噴嚏受不了，因此只好又鑽進爐灶。

為何會那麼怕冷呢？那是因為皮薄，為何皮會那麼薄？因為是生在夏天最熱的日子。果然都是我的錯，沒辦法。灶貓這麼想，渾圓的眼中蓄滿淚水。

但事務長對我這麼親切，而且灶貓族人也都認為我能進事務所上班是天大的榮譽非常高興，所以就算再怎麼痛苦我也不能放棄，我一定要熬過去！灶貓哭著握緊了拳頭。

然而，那個事務長也已靠不住了。那是因為貓類看似聰明其實愚笨。有一天，灶貓不幸感冒了，連腳踝都腫成飯碗那麼大，實在無法走路，因此不得不休息一天。灶貓的掙扎別提有多慘了。他哭了又哭。望著倉庫小窗射入的昏黃光線，他一整天都在抹眼淚。

在那期間，事務所內是這樣的情形。

「奇怪，今天灶貓君還沒來嗎？怎麼這麼慢。」事務長在工作空檔說。

「這有甚麼好奇怪的，八成是去海邊玩了吧。」白貓說。

「不，一定是去參加哪裡的宴會了吧。」虎斑貓說。

「今天有哪裡舉行宴會嗎？」事務長吃驚地問。他覺得若有貓咪的宴會，不可能不邀請自己。

「聽說好像是北方要舉行開校典禮。」

「這樣啊。」黑貓默默陷入沉思。

「憑甚麼是灶貓？」三花貓開口說，「最近他老是被人四處宴請。他好像還放話說馬上就輪到他當事務長了。所以那些笨蛋害怕了，才會拼命拍他馬屁。」

「這是真的嗎？」黑貓怒吼。

「當然是真的。不信您可以去查。」三花貓噘起嘴說。

「太不像話了！枉費我還特地照顧他。好。那我也有我的辦法。」

然後事務所陷入一陣安靜。

到了第二天。

灶貓的腳終於消腫了，因此他開心地一大早就頂著呼嘯的狂風來到事務所。可是每次他一來就會立刻撫摸封面欣賞的心愛簿子，竟然從自己桌上消失，被分給對面和隔壁的三張桌子了。

「唉，一定是昨天很忙吧。」灶貓不知為何心跳加快，啞聲自言自語。

砰！門開了，三花貓走進來。

「早安。」灶貓起身打招呼，但三花貓默默坐下，然後好像很忙碌似地自顧著翻閱簿子。砰！乒乓！虎斑貓走進來了。

「早安。」灶貓起身打招呼。但虎斑貓正眼也不瞧他。

「早安。」三花貓說。

「早，今天的風好大啊。」虎斑貓也立刻開始翻簿子。

砰！乒乓！白貓進來了。

「早安。」虎斑貓與三花貓一起向他打招呼。

「哎，早，風好大啊。」白貓也看似忙碌地開始工作。這時灶貓無力地站著默默行禮，可是白貓就像是壓根不知有灶貓的存在。

砰！乒乓！

「呼，這風可真大。」事務長黑貓進來了。

「早安。」三人迅速起立行禮。灶貓也愣怔站著，低頭默默行禮。

「簡直就是暴風啊，唷。」黑貓不看灶貓，一邊這麼說著已經開始工作了。

「好，今天必須繼續昨天關於安摩尼亞阿茲克兄弟的調查。二號書記，安摩尼亞阿茲克兄弟之中，是誰去了南極？」大家開始工作了。灶貓默默低著頭。他沒有簿子。況且就算想說甚麼，也已發不出聲音。

「是龐・波拉里斯。」虎斑貓回答。

「很好，詳細描述一下龐・波拉里斯。」黑貓說。

啊，這本來是我的工作，我的簿子，我的簿子……灶貓泫然欲泣地暗想。

「龐・波拉里斯，於南極探險的歸途死於雅浦島外海。遺骸海葬。」一號書記白貓捧著灶貓的簿子朗讀。灶貓已經非常非常傷心，傷心得臉頰發酸，低頭死命忍住想要哀鳴的衝動。

事務所內漸漸忙得冒煙，工作不斷進展。大家只是偶爾會瞄過來一眼，始終沒說話。

到了中午。灶貓也沒吃帶來的便當，只是手撐在膝上低頭不動。

終於到了下午一點，灶貓開始啜泣。直到傍晚為止，他就這麼哭哭停停啜泣了整整三個小時。

然而大家還是佯裝不知，自顧著興沖沖地工作。

就在這時。貓咪們沒發現，事務長的背後窗子外，露出了獅子威嚴的金色腦袋。

獅子狐疑地朝裡看了一會，然後突然敲門走進來了。貓咪們別提有多驚愕了。他們只能慌慌張張走來走去。唯有灶貓停止哭泣，站得筆直。

獅子用宏亮堅定的聲音說：

「你們在搞甚麼？這種東西根本不需要地理或歷史。省省吧。哼。我命令你們就此解散！」

於是事務所就這樣廢止了。

我對獅子的意見也頗有同感。

鎮北將軍與醫生三兄弟

一、醫生三兄弟

很久以前在拉優這個首都，有三兄弟都是醫生。老大林帕是替普通人看病的醫生。老二林普是替馬和羊看病的醫生。老么林波是替花草樹木看病的醫生。兄弟三人在城市最南端的黃色山崖頂上並排蓋了三座青瓦醫院，各自豎起白色與紅色的旗子迎風招展。

從山腳下望過去，只見沾到生漆導致皮膚過敏的小孩、有點跛足的馬、園丁用車拉著快要枯萎的牡丹盆栽、裝鸚鵡的鳥籠……絡繹不絕地往上走，等到爬上坡頂後，生病的人去找左邊的林帕醫生，馬羊鳥類去找中間的林普醫生，帶著花草的人去找右邊的林波醫生，就這樣自動分成三路前進。

話說，這三人的醫術都很高明，而且也有醫者仁心，的確已堪稱名醫，只可惜尚無良機，因此沒有甚麼地位也沒有聲名遠播。但是終於在某一天，發生了不可思議的事。

二、鎮北將軍孫霸猷

某天就在日出時分，拉優城的人們不時聽見遙遠北邊的原野彼方，傳來彷彿鳥類成群結隊齊聲啁啾的古怪聲音。起初誰也沒在意，照樣打掃店面，可是吃完早餐不久，聲音漸漸接近，大家發現那是嗩吶和喇叭聲後，整個城市頓時掀起一陣騷動。其間也夾雜著噠噠噠的鼓聲。商人和工匠們都已完全無心工作了。守門的士兵們先把城門關好，又在環繞城市的城牆上盡量安置人員瞭望，然後才去通知皇宮。

到了那天近午時，響起馬蹄聲盔甲聲以及號令聲，對方似乎已徹底包圍這個城市了。

衛兵們和所有的鎮民都很緊張，一邊從牆上射箭的小洞向外窺看。只見從牆外綿延直到北方都是軍隊，蔚為大片雲霞。獵獵飄揚的三角旗和支支長矛猶如樹林。最奇特的是，士兵們看起來全都灰撲撲毛茸茸的，看起來就像一團煙霧。眼神淩厲鬍子花白彎腰駝背的大將軍，騎著尾巴如掃帚在屁股後面硬梆梆伸得筆直的白馬，站在最前方，把巨劍舉向空中，開始高聲歌唱。

鎮北將軍孫霸猷，
此刻從塞外沙漠，
歷經辛苦回來了。
本想說英勇凱旋，
其實是僥倖還鄉，
總之當地太寒冷。
遙想三十年之前，
我率領大軍十萬，
威風走出這城門。
之後放眼只見天空，

乾冷的風掀起狂沙，
屢見大雁脫水墜落，
這些年我策馬奔馳，
跑累的馬屢屢癱坐，
含淚眺望遠方黃沙。
每次我從盔甲口袋，
取出些許鹽巴餵馬，
這才讓馬恢復元氣。
此馬如今已三十五，
跑五里路需四小時。
而我也已七十高齡。
本以為今生再難返鄉，
幸好敵人全死於腳氣病，

因為今夏濕氣特別重。
而且腳氣病的原因，
是因為拼命追趕我軍，
在黃沙上奔馳之故，
如此看來還是算凱旋吧。
尤其值得稱許的是，
當初十萬人出發，
如今回來九萬人。
死者固然可憐，
但三十年之間，
縱使沒有打仗，
恐怕也會死掉一成。
拉優城的老朋友啊，

還有孩童兄弟們啊，
我鎮北將軍孫霸猷，
已率領大軍回來了，
何不快把城門打開。

城牆內的這頭，頓時掀起騷動。有人喜極而泣，有人高舉雙手奔跑，也有人想自己打開城門卻遭到衛兵斥責，當然也有人急忙跑向國王的皇宮報告，城門砰地打開了。門前的士兵們見了，也高興得抱著馬哭了。

從臉孔到肩膀都變成灰色的鎮北將軍孫霸猷，故意把臉皺成一團，靜靜拉起馬的韁繩，率先走在最前方，然後是喇叭及大鼓、綴有三角旗的長槍、已鏽成綠色的銅矛，還有背著白色箭矢的士兵們陸續走進來。馬配合鼓聲，尤其是孫將軍的白馬，每走一步膝蓋就會喀喀響，好像在打拍子。士兵們唱起軍歌。

除夕與初一的晚上
沙漠升起了黑月亮。
吹西風南風的夜晚，
月亮在冬季仍血紅。
大雁高飛之時，
敵人遠遠遁逃。
跨馬將欲追逐，
頓時大雪紛飛。

士兵們絡繹前進。九萬大軍的陣容光是看著都會累。

雪日即便正午，
天空仍是漆黑，

唯有雁行之路，
隱約留下白痕。
沙子凍結飛來，
連根捲起枯蓬。
失根枯蓬紛飛，
逐一飛向首都。

城內的眾人在道路兩邊扶著城牆，夾道相迎，流淚望著這一幕。

就這樣，霸猷將軍走了大約三百多公尺，抵達城中廣場時，只見對面皇宮的方向黃旗飛揚，有人過來了。這是國王接到通知後，特地派來迎接的人。

孫將軍勒住馬，將手高舉在額前，仔細看清對方後，當下行以一禮，急忙準備下馬。但他下不來。因為將軍的雙腳牢牢黏在馬鞍上，馬鞍也牢牢黏在馬背上，已經分不開了。個性豪邁的將軍這下子也慌了手腳，面紅耳赤，嘴巴哆嗦著咧開，拼命想拔起雙腿跳下馬，但身體就是不聽使喚。唉，事實上這三十年來，將軍在國境的乾燥沙漠中，肩負著沉重使命，一次也沒下過馬，所以已和馬合為一體了。再加上沙漠中無處可讓草木生長，草籽大概是發現將軍的臉孔後，就長到他臉上了吧。灰色的奇妙物體已經長滿將軍的臉孔與雙手，也長在士兵們的身上。這時前來迎接的大臣越來越近，已可看見前方的巨大標槍和旗幟。

「將軍，請下馬。我是陛下派來的使者。將軍，請下馬。」對面隊伍中的某人說。將軍揮舞著雙手又是一陣忙亂，可是身體還是無法與馬鞍掰開。

不幸的是，來迎接的大臣是個比鯽魚更嚴重的大近視。他認為將軍是故意不下馬，揮舞雙手則是在命令眾人。

「這是叛變。好。我們回去。」大臣如此對眾人說。於是大臣一行人調轉馬頭，掀起黃沙滾滾，就這麼一溜煙跑回去了。孫將軍見了只能聳肩嘆氣，發了一會呆，但他很快扭頭向後，叫來軍師長。

「你立刻脫下盔甲，拿著我的刀和弓趕去皇宮。然後去找個人稟報。就說鎮北將軍君孫霸猷，在那國境的沙漠上，三十年來不分日夜都無暇下馬，因此身體已和馬鞍黏在一起，馬鞍也和馬黏在一起，實在無法面見陛下。我現在就去找醫生，之後再趕去報到。你先替我這麼鄭重稟報。」

軍師長點點頭，迅速脫下鎧甲與頭盔，拿著孫將軍的大刀拔腿就跑。孫將軍對大家說：

「全軍安靜下馬，脫下頭盔就地坐下。我老孫現在要去看一下醫生。這段期間你們不要吵鬧，安靜在這裡原地休息。知道嗎？」

「知道了，將軍！」士兵們齊聲高喊。將軍抬手制止，急忙揮鞭策馬。這匹經常倒臥沙漠的知名白馬，在此使出最後的力量，喀搭喀搭喀搭比風還快地衝了出去。將軍就這樣拼命策馬跑了一公里左右，來到大山坡下。然後他忽然說：

「到底誰是高明的醫生？」

一名木匠回答：

「那當然是林帕醫生。」

「那個林帕在何處？」

「就在這山坡頂上。那三面旗子中最左邊的那個。」

「好，走！」將軍又朝白馬揮了一鞭，一口氣衝上山坡。剩下木匠在後面嘀嘀咕咕。

「搞甚麼，那傢伙太野蠻了。人家好心告訴他，他居然說聲『好，走』就這麼跑掉了。」

可是霸猷將軍已顧不得那個了。他越過周遭絡繹步行的病人，直接來到門前。原來如此，門柱上的確掛著「小醫林帕醫生」這塊金色招牌。

三、林帕醫生

孫霸猷將軍此刻越過林帕醫生的大玄關，大步朝走廊前進。不愧是林帕醫院，天花板和房門都高達六公尺。

「醫生在哪裡？快過來替我看病。」孫將軍下令。

「你到底是甚麼人？騎著馬就登堂入室，未免太粗暴無禮了。」穿著黃綠色長袍的一名剃光頭弟子拉住馬轡頭說。

「你就是林帕醫生嗎？快替我看病。」

「不，林帕醫生在對面房間。不過你若要求診，請你先下馬再說。」

「不行，我做不到。如果能夠立刻下馬，我現在早就已經去見陛下了。」

「我懂了，原來你無法下馬。那是兩腿僵直。那就算了。請過來。」

弟子打開對面的房門。孫將軍任由馬蹄踼達踼達響，就這麼騎馬進去了。

房間裡擠滿了人，中央有個看似醫生的瘦小人物坐在簡陋的椅子上，正在頻頻檢查一個人的眼睛。

「拜託你幫我看一下。我下不了馬。」將軍溫和地說。可是林帕醫生既不看他也不動彈。還是專心看著那個人的眼睛。

「喂，老兄，快點替我看病！」將軍怒吼，把病人們嚇了一跳。這時弟子平靜地說：

「看病要按順序來。你是第九十六號，現在才看到六號，所以還要等九十個人。」

「閉嘴，你叫我再等七十二人？也不看看我是誰。我可是鎮北將軍孫霸猷。還有九萬名士兵在城中廣場等著我。有七萬兩千名的士兵在那裡等著，就為了等我一個人。不立刻替我看病的話，我就把這醫院拆了！」說著已經舉起鞭子，白馬跳躍了一下，病人們都嚇哭了。這時林帕醫生還是不為所動，完全不看將軍這邊。醫生的右手邊，站了一個穿著黃綾綢衣的女孩，女孩從插在花瓶裡的不知名花束抽出一支花，沾了水，溫柔地遞給馬。馬一口咬住花嚼了幾下，大喘一口氣，忽然四肢一彎，開始鼾聲大作，就這麼垂下腦袋睡著了。孫將軍當下慌了手腳。

「啊，這匹臭馬，又來了。真是傷腦筋，傷腦筋，傷腦筋。」將軍說著，急忙從盔甲的口袋取出鹽袋，想要餵馬。

「喂，快醒醒，你這傢伙真沒出息。之前那麼艱苦，好不容易才回到都城，你就立刻心情放鬆死掉了，你到底在想甚麼啊。喂，快起來。我叫你起來。噓！呼！喝！喂！你好歹吃一口鹽巴啊！」但馬還是照樣呼呼大睡。孫將軍終於哭了。

「喂，老兄，你可以不管我，但是好歹救救我的馬。這傢伙在北方國境可是整整賣命了三十年。」

女孩默默笑了，這時林帕醫生突然把頭轉過來，彷彿要穿透將軍的心底把馬頭瞧個清楚，眼神銳利地平靜說道：

「這匹馬很快就能治好。我只是為了檢查你的病狀才讓馬坐下。你在北方那邊得過甚麼病嗎？」

「不，我沒生過病。雖然沒生過病，卻被狐狸欺騙過，有時候真的很傷腦筋。」

「是怎樣被欺騙呢？」

「都是那裡的狐狸太壞。將近十萬的大軍，一下子都被牠耍得團團轉。夜裡到處放火，白天忽然在沙漠上變出大海，有時還出現城池之類的幻影。簡直壞透了。」

「那些都是狐狸幹的嗎？」

「除了狐狸還有熊鷹，熊鷹是一種大鳥。這玩意會在沒人的時候飛得高高的，看到有人就過來試探。還會拔馬尾巴，或是瞄準眼睛攻擊，只要這玩意出現，馬兒就會嚇得渾身哆嗦。」

「那麼你被騙了之後，大概要幾天才會好呢？」

「四天吧。有時好像也要個五天。」

「那你到目前為止被騙過多少次？」

「最少也有十次吧。」

「那我問你，一百加一百等於多少？」

「一百八十。」

「那麼二百加二百呢？」

「這個嘛，三百六十吧。」

「那我再問一個問題，十的兩倍是多少？」

「那當然是十八。」

「原來如此，這下子我完全明白了。久居沙漠讓你到現在還有點疲累。換言之，是還有百分之十的疲勞。那就讓我來替你治療吧。」

林帕醫生揮動雙手，吩咐弟子準備。弟子在大銅盆裝滿某種藥物，和布巾一起送過來。孫將軍伸出雙手接下銅盆。林帕醫生捲起一隻袖子，將布巾浸滿藥水，濕淋淋地罩在將軍的頭盔上，雙手一陣搖晃，頭盔立刻就脫下來了。另一名弟子又用另一個銅盆裝了別的藥物來。林帕醫生用那種藥物在他頭上一陣搓洗。滴下來的水都是烏黑的。孫將軍保持低頭的姿勢憂心忡忡詢問：

「怎麼樣，馬沒事吧？」

「馬上就好。」林帕醫生說著繼續搓洗。滴下來的水漸漸變成褐色，然後轉為淺黃色。最後終於變成透明的清水，孫將軍的白髮現在閃閃發亮，比白熊還潔白了。這時林帕醫生丟開布巾清洗雙手，弟子上前替他擦拭頭和臉。將軍渾身一抖，從馬身上筆直坐起。

「怎麼樣，輕鬆多了吧？那我現在再問你，一百加一百等於多少？」

「當然是二百。」

「那麼二百加二百呢？」

「這個嘛，肯定是四百。」

「十的兩倍是多少？」

「那當然是二十呀。」將軍好像忘了剛才的事，坦然自若回答。

「你已經完全康復了。說穿了你只是頭上的孔眼堵塞，因此導致算數少了一成。」

「不不不，算數甚麼的是十或二十都無所謂。反正自有主計官吏負責。我只想趕快讓這匹馬和我分開。」

「原來如此，若要把你的腿和衣服分開，我立刻就能做到。不，現在想必已經分開了。但是褲子黏在馬鞍上，馬鞍又黏在馬身上，要分開就又是另一回事了。這方面的問題是由舍弟在隔壁負責診治，所以請你去那邊找他。況且這匹馬也病得很嚴重。」

「那麼我臉上長的這些毛茸茸的東西呢？」

「那同樣也得去那邊求診。總之我先讓弟子陪你去隔壁。」

「那我就過去看看吧。醫生再見。」

然後，剛才那個穿白衣的女孩朝馬的右耳吹了一口氣。馬立刻跳起來，孫將軍頓時高了一截。將軍拉著馬轡繩，與弟子並行走出房間。然後橫越院子來到非常厚實的土牆前。牆上有個小門。

「我現在替您開後門。」醫生的弟子彎腰走向小門。

「不，用不著。這種矮牆對我的馬不算甚麼。」

將軍揮鞭策馬。

呀！喝！呼！馬躍過土牆，把隔壁林普醫生的罌粟花園踩得亂七八糟後站穩腳步。

四、馬醫林普醫生

孫將軍和醫生的弟子踐踏成片罌粟花朝對面走去，到處頓時響起馬群呼嚕呼嚕打響鼻似的聲音。當二人走進正面巨大的建築時，四面八方已有多達二十匹馬出現，牠們或是踩著達達的馬蹄聲，或是甩頭晃腦，向將軍的馬打招呼。

在他們的對面，林普醫生正給一匹脖子彎曲的褐馬塗抹白色藥膏。之前那位弟子上前幾步對林普醫生一陣耳語後，馬醫林普笑著朝這邊扭頭。他穿著巨大的鐵製胸甲，看起來就像是鎧甲。大概是為了防止被馬踢傷。將軍立刻騎著自己的馬上前。

「你就是林普醫生嗎？我是將軍孫霸猷。我想拜託你幫忙。」

「啊，事情原委我已聽說了。你的馬應該是三十九歲吧？」

「四捨五入的話，沒錯，的確是三十九。」

「我懂了，那我立刻動手術。你就待在馬上，或許會有點煙霧，你不介意吧？」

「煙霧？區區煙霧有甚麼好介意的？在沙漠狂風吹襲時，我一分鐘要讓馬跳躍超過四十五下。如果偷懶個三次，風沙恐怕早已讓我們沒頂了。」

「我懂了，那就開始吧。喂，胡修。」林普醫生呼喚弟子。弟子行以一禮，捧著小罐子過來。林普醫生掀開蓋子，取出褐色的藥物，塗在馬眼上。然後又喊胡修。弟子再次一鞠躬，走進隔壁房間，乒乒乓乓一陣子後，不久用盤子盛著紅色小年糕回來了。醫生拈起年糕，夾在指間嗅聞了一會，最後似乎終於下定決心，讓馬一口吃下去。孫將軍坐在白馬身上，等了半天不禁打呵欠。這時白馬的身體忽然開始不停顫抖，然後渾身噴出汗水與煙霧。林普醫生害怕地避得遠遠的旁觀。白馬一邊渾身抖得喀喀響一邊繼續噴煙。而且那種煙霧非常辛辣。孫將軍起初還勉強忍耐，最後終於用雙手蒙眼，咳個不停。最後等煙霧漸漸消失時，白馬又開始汗如泉湧，態勢比瀑布還誇張。林普醫生走過去，雙手輕輕搭在馬鞍上，就這麼搖晃兩下。

馬鞍頓時鬆脫，猝不及防的將軍一屁股跌落地板。但將軍不愧是將軍，馬上又站得筆直。而且馬鞍和將軍已經徹底分開了，將軍雙手啪啪拍打兩條羅圈腿，而馬一下子少了包袱，似乎還一頭霧水，緩緩晃動著背部。這時林普醫生又拉起白馬形如掃帚的僵硬尾巴，猛然用力一拽。結果有一塊雪白的尾巴狀東西撲通滾落到地上。馬似乎很輕鬆地不停甩動如今已經只剩馬毛的尾巴。接著三名弟子合力把白馬全身擦乾淨。

「應該沒事了。走幾步看看。」

馬安靜地邁開步子。之前那樣傾軋作響的膝蓋此刻已經完全沒聲音了。林普醫生舉起手，把馬叫回來，對將軍一鞠躬。

「哎呀，真是多謝了。那我就此告辭。」將軍說完，急忙把馬鞍放到馬身上，翻身再次上馬，四周的病馬紛紛嘶鳴向白馬道別。孫將軍離開診療室隨即策馬飛越圍牆，跳進隔壁林波醫生的菊花園。

五、林波醫生

林波醫生治療草木的診療室，就像一座森林。各種樹木花草在眼前排排站，每一種植物身上都掛著或金或銀的巨大牌子。霸猷將軍這時下馬，緩緩走到林波醫生面前。剛才的徒弟似乎已經搶先一步跟醫生談過了。林波醫生拿著藥箱和紅色的大團扇，非常恭敬地等著孫將軍。孫將軍抬起手，

「就是這個。」他說著指向自己的臉。林波醫生聽了便從藥箱取出黃色粉末，灑滿孫將軍的臉孔乃至肩頭，然後拿著那把扇子，開始不停搧動。頓時，將軍滿臉的毛都變成紅色，輕飄飄飛了起來，轉眼之間將軍的臉孔已變得光溜溜。這一刻，將軍露出了睽違三十年的微笑。

「這下子我可以走了。身體也變得好輕盈。」將軍非常高興，一陣風似地衝出診療室，跳上門口的馬，馬立刻跑出醫院巨大的大門。後面還有六名醫生的徒弟，為了替士兵們去除臉孔長滿的灰毛，拿著藥袋與扇子，急忙追在孫將軍後頭。

六、鎮北將軍成仙人

話說孫霸猷將軍像一團光衝出林波醫生的玄關，也似一陣風經過隔壁的林普醫院，接著經過林帕醫院也只是瞄了一眼就匆匆衝下剛才經過的坡道。馬的速度比之前快了五倍，因此很快就看到在對面原地休息的士兵們。士兵們正憂心忡忡地朝這頭張望，這下子不禁發出歡呼，一同站起來。這時之前孫將軍派去見國王的軍師長匆匆從皇宮那邊跑來。

「啊啊，國王陛下已經完全了解了。聽了您的事蹟，甚至眼泛淚光，正在等候您過去。」

此時剛才的醫生弟子們也帶著藥趕到了。士兵們很高興，讓醫生弟子們撒了粉蝙扇子。於是九萬大軍都恢復清晰的輪廓了。

將軍高聲下令：

「上馬，肅靜聽令！」

大家跨上馬，周遭很快就鴉雀無聲，只有二匹慢半拍的馬打個響鼻。

「前進！」鑼鼓齊鳴，大軍肅穆前進。

最後九萬士兵在皇宮前四公里的廣場上排成縱橫正好各有三百人的方陣。

孫將軍下了馬，安靜走上台跪地磕頭。國王平靜地說：

「長年來辛苦你了。今後你就待在這裡，做將軍中的大將軍，繼續忠勤效命吧。」

鎮北將軍孫霸猷垂淚回答：

「臣不勝惶恐，不知該如何回答才好，一時連話都說不出來了。不過如今臣只剩一把老骨頭，已經派不上用場。在沙漠的期間，一心只想著敵人不知正在何處窺伺，不可被敵人輕侮，因此總是抬頭挺胸睜大雙眼，此刻來到陛下面前，得您謬讚，好像突然老眼昏花，背也駝了。求陛下恩准，讓臣告老還鄉。」

「那麼，你報上五個能夠接替你的大將名字。」

於是霸猷將軍舉出四名大將的名字。至於剩下一個名額，他請求改由林氏三兄弟擔任御醫。國王一口允諾，於是霸猷將軍當場脫下頭盔與鎧甲，只穿著單薄的麻衣。之後他回到小時候出生的村子素山山腳下，播下些許小米的種子。然後替小米間苗。但是將軍漸漸不再進食，連自己辛苦播種的小米也只吃了一口，只是不停灌水。到了秋天結束時，他甚至連水都完全不喝了，經常仰望天空作出打嗝般的奇怪舉動。

不知幾時，將軍就這麼消失了。於是大家都說將軍升天成了神仙，在素山的山頂蓋了一座小祠堂，把那匹白馬當成神馬供奉，獻上燈火與小米，豎起麻布旗幟。

但這時已成為大國手[1]的林帕醫生，每每見到人就說：

「霸猷將軍不可能完全餐風飲露。我對霸猷將軍的身體瞭如指掌。他只是肺和胃與眾不同。遺骨肯定就在哪個森林中。」也有很多人覺得醫生說得不無可能。

1 國手，通常指名醫，此處也包含宮廷御醫之意。

輯三　真正的幸福

銀河鐵道之夜

一、午後的課堂

「各位同學，有人說這是河流，也有人說是牛乳流淌的痕跡，大家知道這白濛濛的物體到底是甚麼嗎？」老師指著吊掛在黑板的大型黑色星座圖上，從上往下一團白霧似的銀河帶，如此詢問大家。

康帕內拉舉起手。接著又有四、五人舉手。喬凡尼本來也想舉手，但他臨時又退縮了。他記得在雜誌上看過，那全是星星，但最近喬凡尼每天在教室都很想睡覺，無暇看書也無書可看，所以他覺得似乎對每件事都變得不太確定了。

然而，老師已一眼發現他。

「喬凡尼同學，你應該知道吧？」

喬凡尼立刻站起，站起來之後卻無法明確回答出來。扎奈里從前面的位子回過頭，看著喬凡尼噗哧一笑。喬凡尼已經緊張得面紅耳赤。老師又說：

「如果用大型望遠鏡仔細觀察銀河，銀河大致上是甚麼？」

喬凡尼還是覺得是星星，但這次他也無法立刻回答。

老師似乎有點困擾，過了一會目光轉向康帕內拉，

「那麼，康帕內拉同學你來說。」老師指名。結果之前還搶著舉手的康帕內拉，竟也一樣扭扭捏捏站起來卻答不出來。

老師似乎很意外，定睛看了康帕內拉一會，忽然說「那麼，好吧」，自己指著星座圖：

「如果用大型望遠鏡看這條白濛濛的銀河，就會看見許多小星星。喬凡尼同學，你說對吧？」

喬凡尼臉紅地點點頭。然而不知幾時喬凡尼的眼中已蓄滿眼淚。是的，我早就知道，當然康帕內拉也知道，有一次在康帕內拉那個博士爸爸家，我和康帕內拉一起看的雜誌裡就有寫。不僅如此，康帕內拉看了那本雜誌後，立刻從

他爸爸的書房抱來一本很大的書，翻到銀河這一頁，我倆盯著那漆黑頁面綴滿無數白點的美麗照片看了很久。康帕內拉不可能忘記，可他沒有立刻回答，是因為最近我早上和下午都要打工，就算來上學也已無法和大家開心玩耍，和康帕內拉也很少講話，康帕內拉一定是知道這點，心裡同情我，所以才故意不回答。這麼一想，喬凡尼忽然覺得自己和康帕內拉都很可悲，簡直難以忍受。

老師又說：

「所以假設這條天河真的是河流，每一顆小星星就等於是河底的沙子或碎石。此外，如果把這當成巨大的牛乳流淌的痕跡，那就和天河更相像了。換言之，那些星星就等於是牛乳中漂浮的細小脂肪球。那麼，甚麼等於這條河的河水呢？那就是真空中這種以某種速度傳遞光的狀態，太陽和地球都是漂浮在其中。換言之我們也住在天河的水中。從那條天河的水中朝四方看去，一如水越深看起來就越藍的道理，天河河底越深越遠之處似乎也聚集了更多星星，因此才會看起來白濛濛的。你們看這個模型。」

老師指著裡面有很多晶亮沙粒的大型雙面凸透鏡。

「天河的形狀正好就是這樣。這些一閃一閃亮晶晶的顆粒，可以想像成和我們的太陽一樣自體發光的星星。我們的太陽就位於大約中央的地方，而地球就挨在它旁邊。大家可以假想夜晚站在這中央，放眼環視這鏡片內。靠這邊的鏡片較薄所以只能看到一點點發光的顆粒，也就是少許星星。而這邊和這邊的鏡片較厚，所以可以看到許多發光的顆粒，也就是大量的星星，至於更遠的部分看起來則是一片白濛濛，這也就是今日的銀河論。那麼，這個鏡片的大概面積，以及其中的各種星星，因為已經到了下課時間，所以下一次的物理課我們再繼續討論。今天就是那個銀河的慶典節日，大家不妨到戶外仔細觀察天空。我們今天就上到這裡。把課本和筆記本收起來吧。」

教室裡響起一陣開闔書桌蓋和疊書本的聲音，不久大家都規矩站起來向老師行禮然後走出教室。

二、鉛字印刷廠

喬凡尼走出校門時，發現同班同學還有七、八人沒回家，正圍著康帕內拉聚集在校園角落的櫻花樹下。似乎是在商量一起去摘今晚的星星祭典上放藍色水燈用的王瓜。

但喬凡尼只是朝他們用力揮揮手便快步走出校門。只見家家戶戶為了今晚的銀河節，正忙著吊掛紫杉樹葉做成的小球或是在檜樹枝頭懸掛燈泡。

喬凡尼沒回家，彎過三個街角走進某家大型印刷廠，對著坐在門口櫃台身穿寬鬆白襯衫的人行禮後，脫下鞋子走進去，打開盡頭那扇大門。雖是大白天，裡面卻燈火通明，無數輪轉式印刷機正在不停運轉，包頭巾或戴帽子的人們像唱歌似的一邊朗讀或計數一邊忙碌工作。

喬凡尼走到門口算來第三張高桌子的人那裡，向那人鞠躬。那人在架子上翻找了一會，

「光撿這些的話應該能應付吧。」說著遞給他一張紙。喬凡尼從那人的桌腳取出一個扁平的小盒子，走到對面燈光明亮的地方，蹲在牆角拿起小鑷子開始逐一撿出小米粒大小的鉛字。這時一個身穿藍色工作圍裙的人走過喬凡尼身後說：

「喲，小菜鳥，早啊。」

附近的四、五人聽了，頭也不回地默默冷笑。

喬凡尼頻頻揉眼睛，一邊默默撿鉛字。

六點鐘響後不久，喬凡尼又拿起已裝滿撿好鉛字的盒子，和之前那張紙比對後，送去給之前那個桌子的人。那人默默收下，微微點頭。

喬凡尼行以一禮，開門來到之前的櫃檯。之前那個穿白衣的人同樣沉默地交給喬凡尼一枚小銀幣。喬凡尼頓時臉色一亮，精神振奮地鞠躬後，拿起放在櫃檯下的書包飛快跑出印刷廠。接著神采飛揚地吹著口哨去麵包店，買了一塊麵包和一袋方糖，立刻拔腿飛奔。

三、家

喬凡尼興沖沖奔向的，是位於後巷的小房子。三個並排的入口中最左邊那個用空箱子種了紫色羽衣甘藍和蘆筍，二扇小窗的遮陽罩迄今仍是拉下的。

「媽媽，我回來了。妳今天身體還好嗎？」喬凡尼一邊脫鞋一邊說。

「啊，喬凡尼，工作很辛苦吧。今天很涼快。我已經感覺好多了。」

喬凡尼走進玄關，只見母親就躺在一進門的房間蓋著白色薄巾。喬凡尼打開窗子。

「媽媽，今天我買了方糖。妳可以用來泡牛奶。」

「啊，你先吃吧。我現在還不想吃。」

「媽媽，姊姊甚麼時候走的？」

「噢，她三點左右才走的。家事大致都幫我打理好了。」

「媽媽的牛奶沒送來嗎？」

「好像沒送來。」
「那我去拿。」
「啊，我這邊不急沒關係，你先吃飯吧，你姊姊好像用番茄煮了甚麼東西才走的。」
「那我去吃。」
喬凡尼從窗口拿起裝番茄的盤子，配著麵包埋頭一陣狼吞虎嚥。
「媽媽，我認為爸爸一定很快就回來了。」
「嗯，我也這麼想。但你為什麼會這麼認為？」
「因為今早報紙寫著今年北方的漁獲大豐收。」
「噢，不過，你爸爸或許沒有去捕魚。」
「他一定是去捕魚了啦。爸爸不可能做出會被關進監牢的壞事。上次爸爸捐贈給學校的大螃蟹殼還有麋鹿角，到現在都還陳列在標本室。六年級學生上課時，老師會輪流拿到教室喔。還有前年校外教學旅行時（以下缺幾字）」

「你爸爸還說過，下次要給你帶件海獺皮做的外套呢。」

「大家見到我總會提起那個。他們是故意嘲笑我。」

「他們說你的壞話嗎？」

「嗯，但康帕內拉從來不會這麼說。每當大家這麼說時，康帕內拉總是很同情我。」

「聽說他爸爸和你爸爸就像你倆一樣，從小就是好朋友。」

「嗯，所以爸爸也帶我去過康帕內拉家。想想還是當時好。我放學回來的途中經常去康帕內拉家。康帕內拉家有那種能用酒精燈驅動的小火車。把七節軌道組合起來就變成圓形，上面也有電線桿和信號標誌，信號標誌只有在火車通過時才會變成綠燈。有一次酒精燒完了，我們改用煤油，結果罐子都被煤煙燻黑了。」

「這樣啊。」

「我現在每天早上送報紙時也會繞道經過他家。可是每次他家裡都靜悄悄的。」

「因為時間還早嘛。」

「他家有一隻狗叫做扎威爾。尾巴像掃把一樣。每次看到我就哼哼唧唧跟著我。一直跟到街角。有時還會跟得更遠呢。今晚大家說要去河邊放王瓜做成的水燈。到時候那隻狗一定也會跟去。」

「對了，今晚是銀河節吧。」

「嗯。我去拿牛奶時順便過去看看。」

「好，你去吧。可別下水喔。」

「嗯，我只是在岸上看看。一個小時就回來。」

「你多玩一會沒關係。反正有康帕內拉在，我很放心。」

「嗯，我們肯定會一起。媽媽，要幫妳把窗子關上嗎？」

「好，關上吧。天已經涼了。」

喬凡尼站起來關窗戶，把盤子和麵包袋收拾好後，迅速穿上鞋子，

「那我過一個半小時就回來。」他說著走出昏暗的門口。

四、人馬座星星祭典之夜

喬凡尼落寞地噘起嘴彷彿在吹口哨，就這樣走下黑影幢幢的檜木坡道。坡下有一盞高大的路燈佇立，發出明亮的淡藍光芒。喬凡尼大步走到燈下時，之前宛如妖魔鬼怪在身後拖得長長的朦朧影子，逐漸變得越來越漆黑清晰，張牙舞爪地繞到喬凡尼的側邊。

（我是雄糾糾氣昂昂的蒸汽火車頭。這裡是下坡所以速度很快喔。我馬上要經過那盞路燈了。看啊，這次我的影子是圓規。那樣轉了一圈又來到前方。）

喬凡尼如此幻想著，大步經過那盞路燈下時，白天見過的扎奈里，身穿嶄新的尖領襯衫從路燈那頭的黑暗小巷走出來，倏然與喬凡尼錯身而過。

「扎奈里，你要去放王瓜水燈嗎？」喬凡尼還來不及這麼說完，那孩子已不屑地從身後高叫：

「喬凡尼，你爸要送海獺皮外套給你囉！」

喬凡尼心頭一冷，只覺得周遭都在嗡嗡響。

「你到底想怎樣，扎奈里！」喬凡尼高聲回話，但扎奈里已經走進對面種植羅漢柏的房子了。

「我明明甚麼也沒做，扎奈里為什麼要講那種話？他自己跑步時才像老鼠咧。我根本沒有錯卻被扎奈里那樣嘲笑，都是因為他自己太蠢。」

喬凡尼腦中閃過種種念頭，一邊走過裝飾了各色燈光及樹枝的美麗街道。鐘錶店亮著璀璨的霓虹燈，每隔一秒，貓頭鷹用石子做成的紅眼睛就會滴溜溜轉動，各種寶石在海藍色厚玻璃盤上如滿天繁星緩緩旋轉，還有銅製人馬從對面緩緩轉到面前來。中央的黑色圓盤星座圖點綴青翠的蘆筍葉。

喬凡尼渾然忘我，緊盯著星座圖。

那比白天在學校看過的星圖小很多，但是如果對準當天的日期與時間轉動星座盤，當時的天空星象就會如實呈現在橢圓形星盤中，中央由上往下果然也有銀河形成白濛濛的帶子，下方看起來甚至彷彿微微爆炸正在冒煙。星盤後方還有三支腳架的小型望遠鏡發出黃色光芒，最後方的牆上還掛著一張大圖，把天上所有的星座都畫成不可思議的野獸魚蛇和瓶子的圖形。天上真的擠滿了這樣的蠍子和勇士嗎？啊啊，我也好想永無止境地漫步其中，喬凡尼如此幻想著，不禁呆立半晌。

之後他忽然想起母親的牛奶，急忙離開鐘錶店。雖然身上已經嫌小的外套繃得肩膀有點難受，他還是刻意挺起胸膛，大步甩手走過街頭。

空氣澄澈如清泉，流過馬路與店內，路燈都被翠綠的樅樹和楢樹樹枝包覆，電力公司前的六棵法國梧桐更是掛滿大量的小燈泡，看起來真的很像人魚之都。孩童們穿著還帶有摺痕的新衣服，吹口哨奏出〈星星巡行之歌〉的旋律，或是奔跑著高喊「人馬座，降下甘露吧！」，或是點燃藍色煙火，開心地玩耍。但喬凡尼不知不覺又深深低下頭，思考著與周遭熱鬧完全無關的心事，逕自趕往牛奶店。

喬凡尼不知幾時已來到郊外無數白楊樹聳立星空下的地方。他走進牛奶店的黑色大門，在隱約散發牛騷味的廚房前站定，摘下帽子說，「晚安！」可是屋內悄然無聲，似乎沒有人在。

「晚安，有人在嗎？」喬凡尼站得筆直，再次高喊。過了一會，終於有一個老女人似乎身體欠佳地緩緩走出來，開口含糊地問他有甚麼事。

「那個，今天我家沒有收到牛奶，所以我自己過來拿。」喬凡尼拼命鼓起勇氣一口氣把話說完。

「現在都沒人在。請你明天再來。」

老女人搓揉發紅的眼睛下方，俯視喬凡尼說。

「我媽媽生病了，今晚就得喝牛奶。」

「那就請你晚一點再來。」女人說完，已經準備離開不理他了。

「這樣子啊。謝謝。」喬凡尼行以一禮，走出廚房。

正當他要轉過十字路口的街角時，只見通往對面大橋的雜貨店前，黑影與模糊的白襯衫混亂交錯，六、七名學生吹著口哨笑鬧地各自提著王瓜水燈走來。他們的笑聲與口哨聲都很熟悉。是喬凡尼的同班同學。喬凡尼不禁愣了一下，本來打算退回去，但他隨即念頭一轉，更加抬頭挺胸地朝那邊走去。

「你們要去河邊嗎？」喬凡尼想這麼問，卻感到喉嚨有點卡住時，

「喬凡尼，海獺皮外套要送來囉！」剛才的扎奈里又大喊。

「喬凡尼，海獺皮外套要送來囉！」大家立刻跟著起鬨。喬凡尼面紅耳赤，甚至忘了自己在走路，一心只想趕快離開，但他赫然發現康帕內拉也在人群中。康帕內拉一臉同情，默默露出微笑，彷彿要說「你應該不會生氣吧」，一直看著喬凡尼這邊。

喬凡尼逃避他的注視。等康帕內拉高大的身影離開不久，同學們又紛紛吹起口哨。彎過街角時，喬凡尼回頭一看，扎奈里正好也朝他回頭望。而康帕內

拉又高聲吹著口哨朝對面朦朧可見的大橋走去了。喬凡尼忽然有種難以形容的寂寞，猛然開始奔跑。本來正拿手捂著耳朵一邊哇哇叫喊一邊單腳蹦蹦跳的小小孩們，以為喬凡尼是在跑著玩，於是也哇哇大叫助陣。不久，喬凡尼匆匆奔向黑色山丘。

五、天氣輪之柱

牧場後方是徐緩的山丘，那片平坦的黑色山頂，在北方的大熊星映襯下，好像顯得比平時更低矮連綿。

喬凡尼沿著已有露水的森林小徑不停往上爬。小徑夾在漆黑的草地和各種形狀的樹叢之間，被一線白色星光照亮。草叢中，也有一閃一閃發出青光的小昆蟲，有些葉片透出那青色螢光，喬凡尼覺得很像剛才大家拿的王瓜水燈。

越過那片漆黑的松樹與楢樹林後，眼前頓時出現空曠的天空，可以看見天河白花花地由南至北跨越天際，也可看見山頂的天氣輪柱子。看似吊鐘花或野菊的花朵，彷彿在夢中也會散發芬芳般爭相怒放，一隻鳥啁啾飛越山丘上方。

喬凡尼來到丘頂的天氣輪柱下，將熱呼呼的身體投向冰冷的草地。

街上的燈光將黑夜妝點得猶如海底龍宮的景色，孩童們的歌聲及口哨、斷斷續續的叫聲也隱約可聞。風在遠處呼嘯，山丘的草靜靜搖曳，喬凡尼汗濕的襯衫也變得冰冷。他放眼環視遠離市區的黑色遼闊原野。

這時他忽然聽見火車聲。小小的列車車窗看起來是一排紅色小孔，想到車中有許多旅人正在削蘋果皮，笑著，做著各種事情，喬凡尼已悲傷得無話可說，然後又抬眼望向天空。

啊，天上那白色的帶子據說全都是星星喔。

可是他看了又看，還是不覺得天空像老師白天上課時講的那麼空曠冰冷。不僅如此，他越看越覺得天上似乎也是有小森林和牧場分布的原野。然後喬凡尼看到藍色的天琴星變成三顆甚至四顆，閃閃爍爍，底部忽長忽短，最後拉長好像菇類一樣。就連眼下的城鎮，似乎也是許多朦朧縹緲的星辰匯集而成，又好似一大片茫茫煙霧。

六、銀河站

不知幾時，喬凡尼身後的天氣輪柱子變成模糊的三角標形狀，彷彿螢火蟲般閃閃爍爍明滅不定。之後漸漸清晰，終於凜然不再動搖，矗立在濃重鋼青色的天空原野中。就在那猶如剛出爐的青色鋼板的天空原野中毅然挺立。

這時，不知從哪傳來一個不可思議的聲音嚷著銀河站到了、銀河站到了，眼前頓時大放光明，彷彿有億萬隻螢光烏賊的火光一瞬間都變成化石，就此沉入天空，又好像鑽石公司為了不讓鑽石的價格下跌，故意謊稱沒挖到鑽石卻偷偷囤貨居奇，結果猛然被誰打翻了鑽石，一下子撒滿一地，眼前倏然亮起，令喬凡尼不禁一再揉眼睛。

驀然回神才發現，打從剛才，喬凡尼搭乘的小火車就在空咚空咚不停奔馳。喬凡尼此刻竟然真的坐在夜間輕軌火車亮著成排小黃燈的車廂內，從車窗望著外面。車廂中，鋪著藍色天鵝絨的座椅空蕩蕩的，對面漆成鼠灰色的壁面，有二顆巨大的黃銅按鈕閃閃發亮。

喬凡尼發現前排座位上，有個穿著看似濕淋淋的黑色外套、身材頎長的孩子，正把頭伸出車窗向外張望。而且那孩子的肩膀形狀好像在哪看過，這麼一想，喬凡尼頓時更加渴望知道對方是誰，再也按捺不住好奇。就在喬凡尼也想把頭伸出車窗時，那孩子正好把頭縮回來，朝喬凡尼看過來。

原來是康帕內拉。

喬凡尼正想開口問康帕內拉「你之前就在這裡嗎」時，康帕內拉已經先開口了：

「大家雖然拼命跑，可是還是遲了一步。扎奈里也是，雖然跑得很快還是沒趕上。」

喬凡尼暗想：「對了，我們現在是相約一起出來玩。」

「那我們要不要在哪裡等他們？」喬凡尼問，結果康帕內拉說，

「扎奈里已經回去了。他爸爸來接他了。」

不知怎地，康帕內拉一邊這麼說，臉色卻有點發青，好像很痛苦。於是喬凡尼也覺得好像在哪遺忘了甚麼，感覺怪怪的，遂就此沉默。

這時康帕內拉望著窗外，已經振作起精神，興沖沖地說：

「啊呀真糟糕，我忘記帶水壺了。也忘記帶素描簿。不過沒關係。反正馬上就到天鵝站了。我真的很喜歡看天鵝。就算天鵝飛到河流的遠處，我肯定也看得見。」之後康帕內拉把變成圓板狀的地圖轉來轉去一直打量。在那地圖中，沿著白色的天河左岸的確有一條鐵軌不斷往南延伸。而那個地圖最了不起的地方，就是漆黑如夜的圓盤上，每個車站及三角標、泉水，與森林，都分別鑲嵌了藍色、橘色與綠色的美麗光芒。喬凡尼覺得好像在哪看過那個地圖。

「你這份地圖是在哪買的？這是黑曜石做的吧？」

喬凡尼問。

「我在銀河車站拿到的。你沒有嗎？」

「噢，我大概是錯過了銀河站吧。我們現在的位置，是這裡吧？」

喬凡尼指著寫有天鵝的車站標誌的北邊。

「沒錯。咦，那個河岸是月夜嗎？」

朝那邊一看，發出淺藍光芒的銀河畔，一整片銀色的天空芒草正隨風沙沙起伏搖曳，掀起陣陣波浪。

「不是月夜喔。那是銀河，所以才會發光。」喬凡尼說，他忽然開心得很想跳起來，他叩叩跺腳，把頭伸出車窗，高亢地吹起〈星星巡行之歌〉的旋律，一邊拼命伸長脖子試圖看清天河之水，起初怎麼看都看不分明。但是漸漸定睛望去，可以看出那清澈的河水比玻璃和氫氣更加晶瑩剔透，許是眼睛的錯覺，不時好像還會掀起紫色微波或像彩虹一樣閃爍光芒，然後就此無聲流逝。原野上到處都有美麗的磷光三角標豎立。遠處的看似渺小，近處的顯得巨大，遠處的發出橙色與黃色光芒格外清晰，近處的發出淡藍色光芒略顯模糊，或三角形或方形，或為閃電或鎖鏈形，形形色色各不相同，在整片原野上發光。喬凡尼簡直興奮極了，拼命甩頭。那一刻，美麗原野中閃耀藍色與橙色各種光芒的三角標好像也在呼吸，隨之微微搖晃顫動。

「我真的已經來到天空原野了。」喬凡尼說。

「而且這輛火車沒有燒煤炭。」喬凡尼伸出左手，從車窗看著前方說。

「大概是燃燒酒精或用電力吧。」康帕內拉說。

空咚空咚空咚，這輛美麗的小火車奔馳在隨風翻飛的天空芒草中，奔馳在天河之水及三角點的淡藍色微光中，永無止境地不斷奔馳。

「啊，龍膽花開了，已經是秋天了呢。」康帕內拉指著窗外說。

鐵軌邊的低矮草叢中，開著彷彿是用月長石鐫刻的美麗紫色龍膽花。

「我可以表演跳下車去摘那朵花，然後再跳上車給你看。」喬凡尼躍躍欲試說。

「不行。花早已落到火車後面一大截了。」

康帕內拉話還沒說完，下一朵龍膽花又光華耀眼地閃過窗外。

正在這麼想時，無數的黃底杯狀龍膽花已一朵接一朵如湧泉如暴雨般掠過眼前，成排的三角標似煙霧又似烈焰，越發閃亮地挺立。

七、北十字與普利歐辛海岸[1]

「媽媽會原諒我嗎？」

康帕內拉忽然像豁出去似地，有點結巴地激動說道。

喬凡尼想，

（啊，對了，我的媽媽，此刻就在那遙遠如一粒微塵的橘色三角標一帶惦記著我。）於是他也怔忡地沉默了。

「只要媽媽真的能夠幸福，我甚麼都願意做。可是，到底怎樣才是媽媽最大的幸福呢？」康帕內拉看起來好像正在拼命忍住想哭的衝動。

「你媽媽又沒有遭遇甚麼不幸！」喬凡尼吃驚地大叫。

「我不知道。只是，無論是誰，只要做真正的好事，就是最大的幸福吧。所以，我想媽媽應該會原諒我。」康帕內拉看起來好像真的下定了某種決心。

頓時，車內亮起白光。定睛一看，好似匯集了鑽石及草上露珠乃至所有美好事物般璀璨的銀河河床上，河水無聲無形地流過，在那水流中央，只見一座小島朦朧散發淡藍光暈。那座島的平坦頂端，豎立著令人眼睛為之一亮的莊嚴白色十字架，就像是用冰凍的北極雲朵鑄造而成，發出凜然的金色光環，靜謐地永恆佇立。

「哈利路亞，哈利路亞。」前方和後方紛紛響起聲音。轉頭一看，只見車廂內的旅客全都筆直站起，任由衣服的皺褶垂落，將黑色聖經抱在胸前，或是

1 普利歐辛海岸，Pliocene是新生代第三紀最新世的上新世（約為紀元五百萬年前至二百萬年前）。

掛著水晶串珠，虔誠地交握十指對著那個方向禱告。喬凡尼二人也不禁肅然立正。康帕內拉的臉頰就像熟透的紅蘋果，似乎閃耀美麗的光輝。

之後小島與十字架就這樣漸漸流逝到火車後方了。

而對岸，也發出朦朧的淡藍光芒，不時似乎還是有芒草在風中翻飛，只見銀光倏然模糊，彷彿被誰吹了一口氣，還有無數的龍膽花在草叢中忽隱忽現彷彿是溫柔的鬼火。

但那也只是電光石火間，天河與火車之間被成排的芒草遮住，天鵝島雖然還在後方出現過二次，但隨即變得極遠極小，宛如圖畫，芒草也沙沙搖曳，終於完全看不見了。喬凡尼的後面，不知幾時坐了一個身材修長一襲黑衣看似天主教派的修女，一直安靜低垂著渾圓的碧眼，彷彿在虔誠傾聽甚麼話語或聲音自遠方傳來。旅客們靜靜回到位子，喬凡尼二人也懷著滿腔類似悲傷的新感覺，悄聲交換著無意義的對話。

「馬上就要到天鵝站了吧。」

「對，十一點整抵達。」

信號標誌的綠燈和朦朧的白柱很快掠過窗外，然後當轉轍器前的燈火如硫磺燃燒的火燄朦朧掠過車窗下方，火車漸漸慢了下來，不久，月台的成排電燈美麗規律地出現，隨即越來越大，二人坐的這節車廂正好停在天鵝車站的大鐘前。

秋高氣爽的鐘面上，燒成藍色的二根金屬指針正明確指向十一點。大家一起下車了，車廂內變得空蕩蕩。

時鐘下面寫著「停車二十分鐘」。

「我們也下去看看吧？」喬凡尼說。

「那就下車吧。」

二人一起跳起來衝出車門，奔向剪票口。但剪票口只有一盞亮紫色的電燈，沒有任何人。四下張望也沒看到貌似站長或搬運工的人影。

二人來到火車站前被精巧如水晶工藝品的銀杏樹環繞的小廣場。寬闊的道路從廣場筆直通往銀河的藍光中。

之前下車的人們不知都上哪去了，壓根不見蹤影。二人並肩沿著那條白色道路前行，二人的影子就像四面有窗的室內二根柱影，又好似二個車輪的輻條朝四面八方射出無數條。不久，他們來到從火車上見過的美麗河岸。

康帕內拉抓起一把美麗的沙子在掌心攤開，用手指來回搓揉，作夢似地喃喃說：

「這些沙子全是水晶。裡面有小小的火焰燃燒。」

「沒錯。」喬凡尼覺得自己好像曾在哪學過這種知識，一邊恍惚回答。

河岸的砂礫全都晶瑩剔透，的確是水晶和黃玉、還有表面帶有扭曲皺褶或稜角泛著淡藍光芒的剛玉[2]。喬凡尼跑到水邊，把手浸入水中。但奇異的是那銀河之水竟比氫氣更清澈透明。不過河水的確在流動，因為二人浸在水中的手腕，看起來略微浮現水銀色，拍擊手腕的波浪發出美麗的磷光，看起來就像在明滅不定地燃燒。

朝上游望去，只見芒草叢生的山崖下，白色岩石平坦如運動場，沿著河邊突出一片。五、六個小小的人影似乎正在那裡挖掘或填埋東西，時而站起時而蹲下，不時還有某種工具瞬間閃現銀光。

「過去看看吧。」二人不約而同大叫，朝那邊跑去。那個白色岩石的入口處，豎立著「普利歐辛海岸」這塊光滑的陶瓷牌子，再過去的沙洲上，也到處豎有纖細的鐵欄杆，放置美麗的木製長椅。

「咦，有奇怪的東西耶。」康帕內拉一臉不可思議地駐足，從岩石撿起黑色細長兩頭尖尖宛如核桃的東西。

「這是核桃啦。你看，有一大堆。不是隨水漂來的。是本來就在岩石裡。」

「好大喔，有普通核桃的二倍大。而且完好無傷。」

---

2 剛玉，以氧化鋁為主要成分的礦物，其中藍色透明的是藍寶石，紅色透明的是紅寶石。

「快過去那邊瞧瞧。他們一定是在挖掘甚麼。」

二人拿著表面凹凸不平的黑色核桃，又朝之前的方向走去。左邊的沙洲上，波浪如溫柔的閃電燃燒著接近，右邊的山崖有一整片彷彿白銀或貝殼製成的芒穗款款搖曳。

二人走近一看，一位高個子帶著深度近視眼鏡、穿長靴看似學者的人，正在記事本上振筆如飛，同時還起勁地對揮舞鶴嘴鍬或鏟子的三名助手做出各種指令。

「小心別破壞那邊的突起。要用鏟子，用鏟子！啊，從遠一點的地方開始挖。不行，不行。你那麼粗魯做甚麼！」

定睛一看，那白色柔軟的岩石中，凌亂側臥一具非常非常巨大的白森森獸骨，一半以上已經被挖出來了。再仔細一看，那裡還有印著二個蹄印的岩石，被整齊切割成十個方塊，還加上了編號。

「你們是來參觀的嗎？」那個看似學者的人物，眼鏡倏然閃出精光，看著喬凡尼二人主動開口。

「這裡有很多核桃對吧。那些啊，都是大約一百二十萬年前的核桃喔。這還算是很新了。這裡在一百二十萬年前，也就是第三紀之後，本來是海岸，所以這底下也有貝殼。現在河水流經之處，當年也曾有海水潮來潮往。至於這隻野獸，這叫做原牛，喂，那邊不要用鶴嘴鍬！要仔細用鑿子慢慢鑿開。說到這種動物，是現在的牛類祖先，以前曾經大量生存。」

「要做成標本嗎？」

「不，是用來證明。在我們看來，這裡就是標準的厚質地層，也有很多證據足以證明是在一百二十萬年前形成的，但是其他人不見得也同樣看得見這種地層，說不定在他們看來，此處只有風和水以及空曠的天空。懂了嗎？不過——喂，那邊也不能用鏟子！那下面應該就埋著肋骨。」學者慌忙跑過去。

「時間差不多了，我們回去吧。」康帕內拉比對著地圖與手錶說。

「好，那我們告辭了。」喬凡尼鄭重向學者行禮。

「這樣啊，好，再見。」學者又匆匆忙忙開始到處走來走去監督。二人拼命在那白色岩石上奔跑，以免趕不上火車。而且真的跑得像一陣輕風。沒有喘不過氣也沒有膝蓋發熱。

喬凡尼心想，自己現在這麼會跑，應該可以跑遍全世界吧。

二人經過之前那片河岸，剪票口的電燈漸漸變大了，不久二人已回到原先的車廂座位，從車窗眺望剛才跑回來的方向。

八、捕鳥人

「我可以坐在這裡嗎？」

二人的身後，忽然響起成年人沙啞卻親切的聲音。

那人穿著略顯破舊的褐色外套，將白布包裹的行李分成二包掛在肩上，留著紅鬍子，看起來彎腰駝背。

「噢，當然可以。」喬凡尼聳聳肩對他打招呼。那人藏在鬍子底下的嘴巴露出微笑，慢吞吞將行李放到置物架上。喬凡尼忽然覺得非常寂寞感傷，默默望著正面的時鐘，這時更前方響起玻璃笛子般的聲音。火車靜靜啟動了。康帕內拉四處張望車廂的天花板。其中一盞燈上停著黑甲蟲，甲蟲的影子被放大映現在天花板。紅鬍子一臉緬懷地微笑，同時看著喬凡尼與康帕內拉。火車已漸漸加速，芒草與天河輪番在車窗外帶著光芒閃過。

紅鬍子有點躊躇地問二人：

「不知兩位要去哪裡？」

「能去哪就去哪。」喬凡尼有點尷尬地回答。

「那很好啊。這輛火車，其實哪都能去喔。」

「那你又要去哪裡？」康帕內拉忽然像要找人家吵架似地質問，喬凡尼不禁笑了。這時，坐在對面頭戴尖帽腰上掛著大鑰匙的人也朝這邊投以一瞥露出笑容，康帕內拉不禁也滿臉通紅笑了出來。但那個人並未生氣，只是臉頰微微抽動地回答：

「我馬上就要下車了。我是做捕鳥生意的。」

「捕甚麼鳥？」

「鶴和大雁。還有鷺鷥與天鵝。」

「鶴很多嗎？」

「很多喔，從剛才就在叫。你沒聽到嗎？」

「沒有。」

「應該現在也聽得到。來，你們豎起耳朵仔細聽聽看。」

二人抬眼，豎耳靜聽。空咚空咚的火車聲與芒草搖曳的風聲之間，開始傳來如泉水汩汩湧出的聲音。

「鶴要怎麼抓？」

「你是說鶴，還是鷺鷥？」

「鷺鷥。」喬凡尼覺得兩者都差不多，但還是這麼回答。

「那玩意啊，簡單得很。因為鷺鷥這種鳥，都是天河的沙子凝結而成，在天河朦朧成型，最後也終究會回到天河，所以只要在河岸等著，鷺鷥就會這樣垂著雙腳落下，趁鷺鷥的雙腳即將觸地之際一把壓住牠，然後鷺鷥就會縮成一團安心死去。之後的事大家就都知道了。只要壓扁乾燥即可。」

「把鷺鷥壓扁乾燥？你是說做成標本嗎？」

「不是標本。大家不都是要吃掉嗎？」

「真奇怪。」康帕內拉歪頭不解。

「一點也不奇怪。你們看。」那個男人站起來，從置物架拿下包裹，迅速層層解開。

「來，你們看。這是我剛抓到的。」

「真的是鷺鷥耶！」二人不禁驚呼。雪白的鷺鷥，身體像之前那北方的十字架一樣發光，足足有十隻，此刻變得有點扁平，黑色的雙腳縮起，宛如浮雕。

「眼睛是閉著的呢。」康帕內拉用手指輕觸鷺鷥緊閉的新月形白色眼睛。鷺鷥的頭上也有標槍似的白色翎毛。

「看吧，我說的沒錯吧。」捕鳥人疊起包袱巾，又層層包裹綁上繩子。到底有誰會在這一帶吃鷺鷥這種東西？喬凡尼暗忖，同時問道：

「鷺鷥好吃嗎？」

「對，每天都有客人訂。不過大雁賣得更好。大雁的體格遠比鷺鷥更好，最重要的是一點也不麻煩。你看。」捕鳥人又解開另一個包裹。黃色與淡藍色的斑點相間宛如某種燈光的發光大雁，就像剛才的鷺鷥，嘴喙併攏，略呈扁平狀排得整整齊齊。

「大雁立刻就能吃。怎麼樣，要不要來一點？」捕鳥人說著，輕輕拉扯大雁黃色的腳。結果雁腳彷彿是巧克力做的，立刻被完整拔了下來。

「怎麼樣，吃一點試試吧。」捕鳥人把那隻腳掰成二半遞過來。喬凡尼吃了一點，心想：「搞甚麼，這果然是糖果。雖然比巧克力更好吃，但這種大雁怎麼可能飛上天。這男的八成是附近原野賣糖果點心的小販。可我雖然瞧不起這個人，卻還吃這人給的糖果，真是太對不起他了。」但他還是喀拉喀拉吃掉了。

「再吃一點。」捕鳥人又取出包裹。喬凡尼雖然還想再吃一些，卻終究客氣地推辭了：

「不用了，謝謝。」捕鳥人聽了，改拿給坐在對面腰上掛鑰匙的人。

「哎呀，白吃您的商品不好意思啊。」那人說著，摘下帽子。

「哪裡，不用客氣。今年候鳥多嗎？」

「哎呀，別提有多精彩了。前天的第二時段左右吧，不知怎地，燈塔的燈光居然不按規矩（缺一字），結果到處都有人打電話來申報故障，搞了半天，根本不是我們的錯，是候鳥黑壓壓地成群結隊從燈光前面經過遮住了，所以誰也沒法子。我啊，就告訴他們說，笨蛋，就算找我抱怨也沒用，你們應該去找那些身穿羽毛披風、雙腳和嘴巴特別尖細的老大算帳才對。哈哈哈。」

芒草已經沒了，因此對面原野倏然射來強烈光線。

「鷺鷥為什麼會比較麻煩呢？」康帕內拉打從剛才就一直很想問這個問題。

「那是因為要吃鷺鷥的話，」捕鳥人扭頭轉向二人。

「必須先把鷺鷥放在天河的水光中吊掛十天，再不然就是得埋進沙中三、四天。這樣處理之後，水銀全部蒸發了，才能吃下肚。」

「這玩意不是鳥。其實只是糖果吧？」看來康帕內拉果然也有同樣的想法，好像豁出去似地開口問道。捕鳥人這時忽然一臉慌張，

「對了，對了，我該下車了。」捕鳥人說著站起來拿行李，轉眼已經不見蹤影。

「他到哪去了？」

喬凡尼二人面面相覷，結果守燈塔的人賊笑，稍微伸個懶腰，探頭眺望二人身旁的車窗外。二人也跟著朝窗外一看，只見剛才的捕鳥人，站在一整片發

出黃色與淡藍色美麗磷光的川原母子草上，神情認真地張開雙臂，定定看著天空。

「他到那邊去了。真奇怪。一定是又要抓鳥吧。但願火車還沒走遠之前就有小鳥趕緊飛落。」話才說完，空曠的桔梗色天空中，剛才見過的那種鷺鷥，已像下雪般呱呱叫著成群結隊飛落。於是那個捕鳥人彷彿早就算好了似地摩拳擦掌，雙腿張開成六十度，雙手將鷺鷥蜷縮落地的黑腳一一壓住塞進布袋中。結果鷺鷥像螢火蟲一樣在袋中一閃一閃地發出藍光，最後終於全都變得朦朧發白，就此閉眼死去。不過，比起被抓住的鳥，還有更多鳥沒被抓住，平安降落在天河的沙子上。仔細一看，牠們的雙腳一沾到沙子，就像冰雪融化，開始縮短變扁，隨即像是熔爐剛出爐的銅漿，在沙子及砂礫上流布蔓延，起先還在沙子上留有鳥的形狀，不久在明滅兩三次的過程中，已完全與周遭同化再也無法分辨。

捕鳥人抓了二十隻裝進袋子後，忽然張開雙手，擺出士兵中彈死亡時的模樣。下一秒，那裡已沒有捕鳥人的蹤影，反而是「啊呀，真痛快。量力而為地盡情工作是這世上最棒的事了」這個熟悉的聲音自喬凡尼身旁響起。仔細一看，捕鳥人已回到車廂，正把抓來的鷺鷥整齊排列一隻一隻疊好。

「你為什麼可以從那邊瞬間移動過來？」喬凡尼覺得好像理所當然又好像很不可思議，忍不住滿心古怪地問。

「哪有甚麼為什麼，我想過來所以就過來了。你們到底是打哪來的？」

喬凡尼當下就想回答，可是怎麼想都想不起來自己到底是從哪來的。康帕內拉也急得臉孔通紅努力回想。

「啊，是從很遠的地方來的吧。」捕鳥人好像已明白了，隨性地點點頭。

九、喬凡尼的車票

「這裡就是天鵝區的終點了。你們看。那個就是大名鼎鼎的阿畢雷歐[3]觀測站。」

窗外彷彿煙火四射的天河中央，聳立四棟黑色的大建築，其中一棟的平頂上方，有二顆令人眼睛為之一亮的藍寶石與黃玉做成的巨大透明球體，正在靜靜地繞圓圈。黃色的球體漸漸轉向對面，藍色的球體轉向這邊，不久，二者的末端重疊，形成美麗的綠色雙面凸透鏡，然後中央漸漸隆起，最後藍色球體已完全來到黃色的正對面，形成綠色的中心與黃色的明亮光環。之後又漸漸向旁邊錯開，反向形成之前那種凸透鏡的模樣，最後倏然分開，藍寶石繞到對面，黃玉轉向這邊，又變得像剛才一樣。被銀河無形無聲的流水圍繞，那個黑色觀測站就像沉睡般安靜地躺臥。

「那是測量水流速度的機器。水也……」捕鳥人才剛開口，

「請把車票給我看一下。」戴紅帽的高個子車掌，不知幾時已筆直站在三

3 阿畢雷歐（Albireo），天鵝座的β星。位於天鵝嘴喙的雙星。

人的座位旁如此說道。捕鳥人默默從口袋掏出一張小紙片。車掌看了一下，立刻撇開眼，彷彿在問「你們的車票呢？」微動手指，把手朝喬凡尼二人伸出。

「這個……」喬凡尼很困窘，當下吞吞吐吐，可康帕內拉若無其事地掏出小小的鼠灰色車票。喬凡尼這下子慌了手腳，他想說不定在外套口袋裡，把手伸到口袋一看，果真摸到折起的紙方塊。他暗自奇怪甚麼時候裝了這種東西，急忙掏出一看，那是折成四折約有明信片那麼大的綠色紙張。因為車掌還伸著手，他只好不管三七二十一硬著頭皮交給對方，結果車掌立正站好鄭重打開紙片。然後車掌邊看邊頻頻調整外套的鈕扣甚麼的，看守燈塔的人也熱心地從底下伸長脖子窺視，喬凡尼想那一定是甚麼證明書，於是心口好像有點發熱。

「這是從三度空間那邊拿來的嗎？」車掌問。

「我也不知道。」喬凡尼已經徹底安心了，於是仰望車掌吃吃笑。

「好的。本列車預定在接下來的第三時段抵達南十字。」車掌把紙片交還給喬凡尼就走了。

康帕內拉似乎已迫不及待想知道那張紙片是甚麼，急忙把腦袋湊過來。喬凡尼也想早點一窺究竟。沒想到在那整片黑色蔓草花紋中，印著十個奇怪的字，默默看久了好像會被吸入其中。這時捕鳥人從旁瞄了一眼，慌忙說：

「哎呀，這玩意可不得了。這張車票甚至可以去真正的天堂。不只是天堂，這是哪都能去的通行券。有了這玩意，原來如此，像這種不完全幻想的第四等銀河鐵道，想必的確是想去哪就去哪，你果然了不起。」

「我還是不太懂。」喬凡尼臉紅地回答，同時把紙片重新折起放回口袋。因為有點尷尬，於是和康帕內拉又望向窗外，但隱約可以發現那個捕鳥人不時用敬畏的眼光偷瞄他們。

「馬上就是鷺鷥站了。」康帕內拉比對對岸並排的三個淡藍色小三角標與地圖，如此說道。

喬凡尼忽然莫名其妙地深深同情起身旁的捕鳥人。此人抓到鷺鷥就心滿意足地沾沾自喜，還煞有介事地用白布團團包裹，對別人的車票大驚小怪地側目，慌忙奉承……這樣一一想來，喬凡尼忽然想把自己帶來的東西和食物通通送給這個素昧平生的捕鳥人，只要這個人能真正得到幸福，自己就算站在那發光的天河河岸佇立一百年變成鳥類也無所謂。於是他再也無法保持沉默。他很想問對方真正渴求的到底是甚麼，可是那樣太唐突了，該怎麼辦才好呢？這時他轉身一看，捕鳥人已經不見了。置物架上的白色包裹也消失無蹤。他想捕鳥人或許又在窗外雙腳用力撐地仰望天空準備抓鷺鷥，於是急忙向外張望，可是外面只有無垠的美麗沙子與白色芒草的草浪起伏，並未看見捕鳥人寬厚的背部與尖帽子。

「那個人到哪去了？」康帕內拉也茫然地說。

「不曉得到哪去了。或許在哪裡又會重逢。我為什麼沒有跟那人多講幾句話呢。」

「嗯，我也這麼想。」

「之前我只覺得那人很礙眼。所以我現在很難受。」喬凡尼真的是第一次有這種怪異的心情，他覺得自己以往從來沒說過這種話。

「好像有蘋果的味道。是因為我正在想著蘋果嗎？」康帕內拉不可思議地四下張望。

「真的有蘋果的味道耶。還有野玫瑰的香味。」喬凡尼也東張西望，但那似乎果然是從窗口飄入的。此刻是秋天，所以喬凡尼想，應該不可能有野玫瑰的香味。

這時忽然有個黑髮烏亮年僅六歲的小男孩，紅外套的鈕扣也沒扣上，一臉驚訝渾身發抖地赤腳站在那裡。男孩身旁有個整齊穿著黑色西服的高挑青年，以飽受狂風吹襲的山毛櫸之姿，牢牢牽著小男孩的手站立。

「哎呀，這是哪裡？哇，好漂亮。」青年的身後還有個身穿黑外套年約十二歲看起來很可愛的褐眼女孩，挽著青年的手臂不可思議地看著窗外。

「啊，這裡是蘭開夏。不，是康乃狄克州。不對，啊，我們已經來到天上了。我們將要去天堂。你們看。那個標誌就是天堂的標誌。已經沒有甚麼好害怕了。我們已經蒙主召喚。」黑衣青年神采飛揚地對女孩說。但不知怎地，他的額頭又擠出深刻的皺紋，而且看起來似乎很累，強顏歡笑地讓小男孩在喬凡尼的身旁坐下。

然後青年對女孩溫柔地指著康帕內拉身旁的位子。女孩聽話地坐下，將兩手規矩交握。

「我要去找大姊姊。」小男孩剛坐下就神情古怪地對著坐在燈塔看守人對面的青年說。青年不發一語面帶悲傷，定定看著小男孩捲縮潮濕的頭髮。女孩忽然用雙手摀住臉低聲啜泣。

「爸爸和菊代姊姊還有很多工作要做。可是他們很快會隨後趕來。倒是媽媽，不知等了多久。她一定正想著『我的寶貝小志現在不知在唱甚麼歌』、『下雪的早晨，大家一定手牽手繞著院子的草叢轉圈玩耍吧』，一邊擔心地等候，所以我們還是趕緊去見媽媽吧。」

「嗯，可是，要是我沒搭船就好了。」

「是啊，不過你看天空，怎麼樣，還有那壯觀的河流，哪，那邊就是夏天我們唱著『一閃一閃亮晶晶』，休息的時候總是從窗口看到的白濛濛的地方吧。就是那裡。哪，很美吧？那樣閃閃發亮。」

哭泣的姊姊也拿手帕擦眼，望向窗外。青年像要諄諄教誨般又悄聲對姊弟倆說：

「我們已經再也不用傷心了。我們在這麼好的地方旅行，很快就能去神的懷抱。在那裡，有很多真的光明、芬芳又值得敬佩的好人。而且代替我們坐上船的人，肯定都會得救，回到正擔心等候他們的爸爸媽媽身邊和自己的家。好了，馬上就到了，打起精神來愉快地唱歌吧。」青年撫摸小男孩濕淋淋的黑髮，一邊安慰大家，自己的臉色也漸漸煥發光彩。

「你們是打哪來的？發生了甚麼事？」之前的燈塔看守人好像終於稍微了解狀況了，如此詢問青年。青年微笑。

「唉，我們的船撞上冰山沉沒了，這兩個孩子的爸爸有急事，二個月前先回國去了，我們之後才出發。我上了大學後，受雇擔任他們的家庭教師。沒想到就在上船後的第十二天，也就是今天或昨天吧，船撞上冰山，一下子傾斜快沉了。當時月光有點朦朧，大霧瀰漫。可是左側船舷的救生艇一半都已撞壞了，無法讓所有的人都搭上救生艇。後來船要沉了，我拼命大喊『請讓孩子們優先搭乘』。附近的人們立刻讓出一條路，並且為孩子們禱告。可是抵達救生艇之前的路上還有許多小小孩和他們的父母在，我實在沒勇氣推開他們。但我始終認為協助這兩個孩子逃生是我的義務，所以本想把前面的小孩推開。可我又覺得與其那樣幫助孩子們逃生，這樣大家一起去神的面前或許才是他們真正的幸福。然後我又想，就讓我一個人承擔背叛神的罪惡吧，我一定要幫助他們逃生。可是看來看去我還是不忍心那樣做。看到有些媽媽把孩子獨自送上救生艇後瘋狂地送上飛吻，有些爸爸默默強忍悲傷堅強挺立，真的讓人肝腸寸斷。後來船漸漸下沉，我已徹底覺悟，擁著這兩個孩子抱成一團，心想能漂浮多久就漂多久，靜待船隻沉沒。也有人丟來一個救生圈，可惜滑開漂到遠處去了。

我拼命掰下甲板的欄杆，三人一起緊緊抓著。不知從哪響起（缺二字）的聲音。頓時大家都用各國語言一起唱起那首歌。這時忽然一聲巨響，我們落水了，我心想已經被捲入漩渦了，一邊抱緊他們，後來恍惚了一陣子就到這裡了。他們的母親前年就已過世。是的，救生艇上的人一定會獲救，因為有熟練的水手們划槳迅速離開了大船。」

這時低微的禱告聲傳來，喬凡尼與康帕內拉都恍惚想起之前遺忘的種種，不禁兩眼發熱。

（啊，那片大海並不太平吧。在那冰山漂流的極北之海，有人乘著小船，正與冷風和冰凍的潮水、酷寒搏鬥，拼命工作。我真的很同情那人而且也感到很抱歉。我該怎麼做才能讓那人得到幸福呢？）喬凡尼低下頭，非常沮喪。

「我不知道怎樣才是幸福。但無論再怎麼痛苦，只要那是走在正確路途的必經考驗，無論是上坡或下坡，都是通往真正幸福的一步。」

燈塔看守人如此勸慰。

「是的。為了達到至高幸福，種種悲傷也全都是神的旨意。」

青年祈禱似地回答。

而那對小姊弟已經累了，各自歪倒在位子上睡著了。剛才赤裸的雙腳不知幾時已穿上雪白柔軟的鞋子。

火車空咚空咚駛過閃爍美麗磷光的河岸。朝對面的車窗一看，原野宛如幻燈片。成百上千大大小小的三角標豎立，有些大的三角標上面還有打著紅點點的測量旗，原野的盡頭整片都是那個，大量聚集的三角標猶如朦朧的淡藍色煙霧，更遠處不時還有各種形狀宛如氤氳狼煙之物輪流升上桔梗色的美麗天空。那透明美麗的輕風，的確充滿玫瑰的馥郁香氣。

「怎麼樣，第一次看到這種蘋果吧？」坐在對面的燈塔看守人，不知幾時雙手在膝上捧著金黃與艷紅美麗色澤的大蘋果，小心不讓蘋果落地。

「噢，這是從哪來的？好漂亮。這裡還有生產這種蘋果啊？」青年似乎真的很吃驚，朝著燈塔看守人雙手抱著的蘋果一會瞇眼打量一會歪頭納悶，渾然忘我地瞧了半晌。

「啊，請拿去吃吧。別客氣，儘管拿。」

青年拿起一顆，朝喬凡尼二人看了一眼。

「來，對面的小弟弟也拿幾顆。怎麼樣，拿一點吧。」

喬凡尼被稱為小弟弟有點不高興，於是悶不吭聲，康帕內拉說：

「謝謝。」結果青年自己拿了分給二人一人一顆，於是喬凡尼也只好站起來道謝。

燈塔看守人的雙手終於空了，於是這次他自己在睡著的姊弟膝頭輕輕各放下一顆蘋果。

「謝謝。這麼漂亮的蘋果，是在哪生產的？」

青年仔細打量蘋果說。

「這一帶當然也有農業，但多半自動便可長出好作物。所以務農其實也沒那麼費工夫。通常只要撒下自己想要的種子，植物就會自己不斷成長茁壯。就連稻米也像太平洋那邊沒有稻殼，而且個頭大了十倍還香氣十足。不過你們去的地方已經沒有農業。無論是蘋果或糖果都沒有任何渣滓，所以每個人吃下去之後會各自化為略有不同的微微香氣從毛細孔散發出來。」

這時小男孩忽然睜開眼睛說：

「啊，我夢到媽媽了。媽媽在一個有氣派櫃子和書本的地方，看到我就伸出手一直笑嘻嘻。我說，『媽媽，我撿一個蘋果給妳吧。』然後就醒了。啊，這是在剛才的火車上吧。」

「蘋果在這裡。是這位叔叔送給你的。」青年說。

「謝謝叔叔。咦，小薰姊姊還在睡啊，我去叫醒她。姊姊，妳看，我們拿到蘋果喔。妳快起來看。」

姊姊笑著醒來，彷彿覺得光線很刺眼似地把雙手放在眼上，然後看著蘋果。小男孩已經像吃派一樣開動了。特地削好的蘋果皮也一圈一圈好像紅酒開瓶器的形狀，落到地上之前的瞬間就倏然發出灰光蒸發掉了。

喬凡尼二人把蘋果小心翼翼放進口袋。

下游對岸出現鬱鬱蒼蒼的大片森林，枝頭掛滿熟透發出紅光的圓形果實，森林中央豎立很高很高的三角標，管弦樂和木琴交織而成美妙得難以形容的音色，彷彿融化或浸潤於風中，自森林中陣陣傳來。

青年很驚訝，渾身一抖。

默默傾聽那樂曲，就好像整片或黃或淺綠的明亮原野或地毯在眼前鋪陳，又好像雪白如蠟的露珠掠過太陽的臉孔。

「天啊，那些烏鴉！」康帕內拉身旁那個名叫小薰的女孩人喊。

「那不是烏鴉。全都是喜鵲啦！」康帕內拉也不假思索像罵人一樣大喊，逗得喬凡尼不禁失笑，女孩子也很尷尬。河岸的淡藍色光芒上方，的確有無數黑鳥列隊停駐，靜靜接受天河的微光照耀。

「那是喜鵲，因為腦後方有翎毛。」青年打圓場似地說。

對面綠色森林中的三角標此刻已來到火車正面。這時火車的遙遠後方傳來那熟悉的（缺二字）讚美歌的旋律。似乎是許多人在大合唱。青年頓時臉色蒼白，站起來就想走過去，可是隨即又改變想法坐下來。小薰拿手帕蒙著臉。連喬凡尼都感到鼻子一酸。人們不知不覺地不約而同唱起那首歌，歌聲漸漸變得越來越清晰強大。喬凡尼與康帕內拉也不由自主跟著一起高歌。

綠色橄欖森林消失了，天河彼端嘩啦啦發出光芒漸漸流逝到後方，從那邊漂來的古怪樂器聲也已被火車聲與風聲消磨，變得非常微弱。

「啊，有孔雀！」

「對，有很多。」女孩子回答。

喬凡尼看著那變得很小很小、此刻已經像一顆綠色貝殼鈕扣的森林上方，那些孔雀將翅膀開開合合不時閃爍淡藍色光芒造成的光線反射。

「對了，剛才還聽見孔雀的叫聲。」康帕內拉對小薰說。

「對，我記得大約有三十隻。聽起來像豎琴的其實都是孔雀喔。」女孩回答。喬凡尼忽然說不出話只覺得悲傷，甚至忍不住想露出凶巴巴的表情說：

「康帕內拉，我們從這裡跳下去玩吧。」

這時天河一分為二。漆黑的島嶼中央聳立著一座很高很高的城樓，上面站了一個身穿寬袍戴紅帽的男人，雙手拿著紅色與藍色的旗子仰望天空正在打信號。在喬凡尼的注視下，那人頻頻揮舞紅旗，但他忽然放下紅旗藏在身後，轉而高高舉起藍旗，就像交響樂團的指揮家一樣激烈揮動。這時空中嘩啦啦響起下雨似的聲音，只見某種黑漆漆的東西成群結隊像子彈一樣朝天河彼方飛去。喬凡尼不禁將半個身子伸出車窗仰望那邊。很美很美的桔梗色空曠天空下方，多達數萬隻的小鳥成群結隊匆匆啼叫著飛過。

「鳥都飛走了。」喬凡尼把臉露在窗外說。

「我看看。」康帕內拉也望著天空。這時那座城樓上的寬袍男子忽然舉起紅旗瘋狂揮動。鳥群頓時不再經過，同時天河下方也發出崩潰般的巨響，之後一切暫時陷入安靜。這時那個紅帽信號手忽然又揮舞藍旗高喊：

「趁現在快飛過吧，候鳥們！趁現在快飛過吧，候鳥們！」那個聲音清晰可聞。同時又有幾萬隻的鳥群筆直劃過天空。從車廂中央喬凡尼二人探出頭的窗口，女孩也露出臉孔，她美麗的臉龐發出興奮的光彩仰望天空。

「哇，這種鳥真的好多喔，天啊，天空簡直美極了。」女孩對喬凡尼說，但喬凡尼覺得女孩很傲慢真討厭，只是默默抿著嘴仰望天空。女孩微微嘆了一口氣，沉默地回到座位。康帕內拉有點不忍心，從窗口縮回腦袋看地圖。

「那個人是在調教小鳥嗎？」女孩子悄悄問康帕內拉。

「他在對候鳥發出信號。八成是為了在哪施放狼煙吧。」康帕內拉有點不確定地回答。車廂內忽然鴉雀無聲。喬凡尼雖然想把腦袋縮回來，但此刻在明亮的地方露出臉孔會很可悲，因此他默默忍住，就保持那個姿勢站著吹口哨。

（為什麼我如此悲傷？我必須讓心胸更純淨更寬大才行。那邊的河岸更遠處可以看見渺小如煙的藍色火焰。那其實安靜且冰冷。我要仔細看著那個讓心情平靜下來。）喬凡尼雙手按住發熱疼痛的腦袋，望著遙遠的彼方。

（唉，真的沒有人可以和我結伴永無止境地走下去嗎？就連康帕內拉也撇下我，和那種女孩子聊得那麼開心，我真的好難過。」喬凡尼的雙眼又蓄滿淚水，天河也彷彿去了遠方，只見一片白茫茫。

這時火車漸漸遠離天河將要經過崖上。對岸也有漆黑的山崖隨著河岸漸往下游逐漸高高隆起。然後喬凡尼看見高大的玉米一閃而過。葉片在層層捲縮的葉子底下已有美麗的綠色大穗苞吐出紅鬚，隱約也可見到珍珠般的玉米粒。玉米的數量越來越多，如今已成排矗立在山崖與鐵軌之間，喬凡尼不禁從窗口縮回腦袋轉而望向另一側的車窗，只見整片美麗的天空原野幾乎都種植了那種巨大的玉米直到地平線的盡頭，它們在微風中搖曳，漂亮的捲葉尖端綴滿晶瑩的露珠，彷彿是趁著白天吸飽日光的鑽石，或紅或綠地散發燦爛燃燒的光芒。康帕內拉對喬凡尼說，「那是玉米吧。」可是喬凡尼的心情依然無法平復，所以只是冷漠地看著原野回答：「應該是吧。」這時火車漸漸安靜，經過許多信號標誌與轉轍器的燈光後，在一個小車站停下。

正面的淡藍色時鐘清楚顯示現在是第二時，在這完全無風，連火車也靜止的靜謐原野中，只有鐘擺喀搭喀搭不停刻畫出正確的時間。

就在鐘擺聲每次停頓的空檔，很遠很遠的原野盡頭有某種非常微弱的旋律如絲線般流動而來。「這是〈新世界交響曲[4]〉。」姊姊喃喃自語似地看著這邊悄聲說。此刻車廂內，無論是那穿黑衣的高挑青年或其他人都陷入溫柔的美夢。

（在如此安靜的好地方，為什麼我就不能更愉快一點呢？為什麼就我一人獨自寂寞？可是康帕內拉太過分了，他明明跟我一起搭乘火車，卻只顧著和那種女孩子講話。我真的好難過。）喬凡尼又用雙手半遮住臉，凝視另一側的窗外。清亮如透明玻璃的笛聲響起，火車靜靜啟動，康帕內拉也落寞地用口哨吹起〈星星巡行之歌〉的旋律。

「對，對，這一帶已經是很險峻的高原了。」後方某個似乎剛睡醒的老人興沖沖談論的聲音響起。

「就連種玉米的時候，都得先用棍子挖出六十公分深的洞再播種，否則長不出來。」

「這樣子啊。距離河流想必很遠吧。」

「對，對，距離河流大約有六百公尺至一千八百公尺的距離。簡直就是險峻的峽谷。」

對了對了，這裡不是科羅拉多高原嗎？喬凡尼不禁這麼想。康帕內拉依然落寞地獨自吹口哨，女孩子的臉色彷彿絲絹包裹的紅蘋果，正在看著喬凡尼凝望的方向。突然玉米消失了，眼前是一望無垠的遼闊黑色原野。〈新世界交響曲〉逐漸從地平線盡頭清楚湧現，一名印地安人越過那片黑暗的原野，頭插白色羽毛，手臂與胸前裝飾許多石頭，身後背著小型弓箭，拼命朝火車追來。

「哎呀，是印地安人耶。是印地安人耶。你們看！」

黑衣青年也醒了。喬凡尼與康帕內拉也站起來。

4 〈新世界交響曲〉，德弗扎克（Antonin Dvořák）作曲的名曲。

「他跑來了，哎呀，他跑來了。他是在追火車吧？」

「不，他不是在追火車。他在打獵或跳舞。」青年彷彿已忘記此刻身在何處，把手插在口袋站起來說。

印地安人看起來的確有點像在跳舞。首先，若是跑步，雙腿擺動的方式應該可以更省力也應該更認真。那白色的羽毛突然像要往前倒，印地安人頓時停下腳步，迅速拉弓朝天空射出。一隻白鶴翩然墜落，印地安人又開始奔跑，於是白鶴墜入他張開的雙手之間。印地安人開心地站著大笑。抓著那隻白鶴望向這邊的身影已經變得越來越小越來越遠，電線桿的礙子連續閃爍二次後，眼前風景又變成了成片的玉米田。再看身邊這頭的車窗，只見火車正奔馳在很高很高的山崖上，谷底有河流寬闊明亮地滔滔奔流。

「對，從這一帶起就是下坡了。畢竟這次會一口氣下行直到那水邊，所以並不容易。正因為有這陡坡，所以火車絕對不會從那頭過來。你看，漸漸開始加速了吧？」剛才那個老人的聲音說。

火車空咚空咚下坡。鐵軌經過山崖邊緣時，可以看見下方就是晶亮的河水。喬凡尼的心情逐漸開朗。當火車經過小屋前，看到屋前有個小孩垂頭喪氣站著眺望這邊時，他不禁放聲大喊。

火車繼續空咚空咚奔馳。車廂內的人幾乎半倒向後方同時緊緊抓住座椅。喬凡尼不禁與康帕內拉笑了。此時天河已經流到火車身旁，看起來似乎比之前更湍急，不時還閃現粼粼波光。粉紅色的瞿麥處處綻放。火車似乎終於穩定下來緩緩前行。

對面與這頭的河岸都豎立畫有星星與鶴嘴鍬的旗幟。

「那不曉得是甚麼旗子。」喬凡尼終於肯開口了。

「對呀，看不出來，地圖上也沒有。還有鐵做的小船呢。」

「嗯。」

「該不會是要架橋吧。」女孩說。

「噢，那是工兵的旗子啦。是在演習架橋吧。可是沒看到軍隊的人影呢。」

這時對岸附近較為下游的地方，無形的天河之水冷光一閃，像柱子般高高竄起，發出咚的一聲巨響。

「是爆破，是爆破！」康帕內拉興奮得手舞足蹈。

水柱消失後，碩大的鮭魚和鱒魚翻出閃亮的白肚子被拋上半空畫出圓弧後又掉回水中。喬凡尼已經心情輕快得想跳起來，說道：

「是天上的工兵大隊。你瞧，鱒魚竟然可以跳得這麼高。我從來沒體驗過如此愉快的旅行。真好。」

「那種鱒魚近看有這麼大呢，這水裡有一定有很多魚吧。」

「應該也有小魚。」女孩子插入他們的談話。

「應該有吧。既然有大的，當然也會有小的。只是距離太遠，所以現在看不見小的。」喬凡尼的心情已經雨過天晴，打趣地笑著回答女孩。

「那一定是雙子星的宮殿！」小男孩忽然指著窗外大叫。

右邊低矮的山丘上方，並排聳立著宛如水晶打造的二座宮殿。

「雙子星的宮殿是甚麼？」

「以前聽我媽媽講過很多次。那是二座並排聳立的小巧水晶宮，所以一定就是那個。」

「那妳說說看。雙子星做了些甚麼？」

「我也知道！雙子星去原野玩，和烏鴉吵架了對不對？」

「不對啦。你們知道嗎，在天河的河岸，我媽媽說……」

「然後彗星就喳喳呼呼地跑來了對吧。」

「討厭啦，小志，才不是那樣。那是另一個故事。」

「那他們現在正在那裡吹笛子嗎？」

「他們現在掉到海裡了。」

「不對啦。他們已經從海中回到天上了。」

「對對對。我知道，我來講故事。」

天河對岸忽然一片火紅。楊樹及其他一切都顯得黑漆漆的，無形的天河波浪也不時閃現細微如針的紅光。對岸的原野正有大片烈焰熊熊燃燒，黑煙高高竄上桔梗色看似冰冷的天空，彷彿要把天空也燒焦。比紅寶石更豔紅透明、比鋰更美麗醉人的火焰正在熊熊燃燒。

「那是甚麼火？那麼紅那麼明亮的火焰，不知是燃燒甚麼才形成的。」喬凡尼說。

「那是蠍子火。」康帕內拉又埋頭看著地圖回答。

「啊，如果是蠍子火那我知道。」

「蠍子火是甚麼？」喬凡尼問女孩。

「我聽爸爸講過很多次，蠍子燒死了，可是那把火至今還在熊熊燃燒。」

「妳說的蠍子，是昆蟲吧？」

「對，蠍子是昆蟲。不過是一種益蟲喔。」

「蠍子才不是益蟲。我在博物館看過浸泡酒精的蠍子。尾巴有這樣的鉤子，老師說如果被鉤子螫到就會死。」

「沒錯，但牠是益蟲喔，我爸爸是這麼說的。以前在巴德拉原野有一隻蠍子，據說靠著獵殺小昆蟲維生。結果有一天，被鼬鼠發現，想要吃掉牠。蠍子拼命逃跑可是最後還是快被鼬鼠抓住了。這時面前忽然出現水井，蠍子就掉下去了，然後怎麼也爬不上來，眼看就要溺死了。這時蠍子據說是這麼祈禱的。

『啊，過去我不知奪走過多少生命。現在輪到我要被鼬鼠殺死時，我拼命逃跑。結果最後還是變成這樣。唉，已經毫無指望了。為什麼我沒有老實把我的身體交給鼬鼠呢？那樣至少可以讓鼬鼠填飽肚子多活一天。神啊，請看看我的心。請不要讓我如此空虛地喪命，不如把我的身體留待下次為大家真正的幸福使用。』

據說蠍子當時就是這麼說的。結果不知幾時蠍子的身體變成火紅的美麗火焰燃燒，照亮夜晚的黑暗。我爸爸說現在仍在燃燒喔。那團火焰一定就是那個。」

「沒錯，你們看，那邊的三角標正好排成蠍子的形狀。」

喬凡尼看到那巨大的火焰彼方有三個三角標宛如蠍子的手臂，這頭則有五個三角標排列成蠍子的尾巴與毒鉤。而且那美麗艷紅的蠍子火的確在無聲地明亮燃燒。

隨著那團火焰漸漸被甩到火車後方，大家不發一語傾聽熱鬧的各種樂聲，以及彷彿散發花草氣息的悠揚口哨，還有人們七嘴八舌的說話聲。那讓人感到馬上附近就有城鎮甚麼的，而且似乎有慶典活動。

「人馬座降下露水吧！」喬凡尼身旁那個本來一直在睡覺的小男孩，忽然看著另一側的窗口大喊。

啊，那裡有翠綠如聖誕樹的雲杉或樅樹矗立，樹林中綴有許許多多的小燈泡好似集合上千隻螢火蟲。

「啊，對了，今晚是人馬星座祭。」

「對，這裡是人馬座的村子。」康帕內拉立刻說。

（以下疑似少了一頁原稿）

「若是丟球，我絕對不會丟歪。」

小男孩神氣活現說。

「馬上就到南十字[5]了。準備下車吧。」青年對大家說。

「我還要再多坐一會火車。」小男孩說。康帕內拉身旁的女孩魂不守舍地站起來開始做準備，但她看起來好像也不想與喬凡尼等人分開。

「一定得在這裡下車。」青年緊抿著嘴，俯視男孩說。

「我不要。我想多坐一下火車再走。」

喬凡尼忍不住說：

「就和我們一起繼續坐吧。我們擁有可以去任何地方的車票。」

5 南十字，星座名稱為 Crux。在北回歸線以南皆可看到。

「可是我們必須在這裡下車了。因為這裡是通往天堂的地方。」女孩落寞地說。

「甚麼天堂就算不去又有甚麼關係。我們老師說過，我們應該在這裡打造出比天堂更好的地方。」

「可是媽媽已經去天堂了，而且神也在那裡。」

「那種神是騙人的神啦。」

「你的神才是騙人的神！」

「才不是。」

「那你的神是甚麼樣的神？」青年笑著說。

「其實我也不太清楚。不過那肯定是真正獨一無二的神。」

「真正的神當然是獨一無二的。」

「對，不是隨隨便便的，是獨一無二的真正的神。」

「所以那不就對了嗎？我會祈求你們在那真正的神面前與我們相會。」青年恭謹的交握雙手。女孩也正好在那樣禱告。大家都依依不捨，臉色看起來也有點蒼白。喬凡尼差點就哭出聲了。

「好了，已經準備就緒了嗎？南十字馬上就到了。」

啊，就在這時。無形的天河下游，鑲嵌藍色與橙色各種光芒的十字架宛如一棵樹矗立在河中閃閃發光，上方有淡藍色雲朵形成圓圈猶如光環照耀。火車車廂中一陣騷動。大家都像之前看到北十字一樣立正站好開始禱告。只聽見到處都有小孩撲向瓜果時那種開心的歡呼，以及難以形容的虔誠嘆息。然後十字架漸漸出現在車窗正面，那猶如蘋果肉的淡藍色光環雲也悠悠緩緩地圍繞。

「哈利路亞，哈利路亞。」眾人開朗快活的聲音響起，大家聆聽從那天空遠處，從冰冷的天空遠處傳來的某種清透又難以形容的嘹亮喇叭聲。然後就在許多信號標誌與電燈燈光中，火車慢慢減速，最後在十字架的正對面完全靜止。

「好了，下車吧。」青年牽著小男孩的手慢慢走向對面的出口。

「再見。」女孩轉頭對喬凡尼二人說。

「再見！」喬凡尼忍住想哭的衝動，氣呼呼地不客氣頂回去。女孩非常難過地睜大眼睛又回頭看了他們一次，然後默默走了。火車車廂內已經少了一半以上的人，頓時顯得空蕩蕩很寂寞，吹入滿車廂的冷風。

定睛一看，只見大家規規矩矩排隊跪在那十字架前的天河沙洲。然後二人看到一個穿著神聖白衣的人越過那無形的天河之水，伸出手朝這邊走來。但這時玻璃笛音響起，火車起動了，下一秒銀色的濃霧已從下游倏然飄來，再也看不見那頭的景象。只有許多核桃樹的葉片閃閃發光矗立在那片濃霧中，還有帶著金黃光暈的電動松鼠不時露出可愛的小臉窺探。

這時濃霧倏然散去。眼前出現亮著成排燈光的路，似乎是通往某處的街道。那條路有一段與鐵軌平行。然後當二人經過那燈光前時，那些渺小的豆色燈火就像打招呼似地倏然消失，等二人的火車經過後才又再次亮起。

轉頭一看，剛才的十字架已變得很小，好像真的可以直接掛在胸前，眼前一片模糊，已無法分辨剛才的女孩和青年他們是否還跪在那前面的白色沙洲，抑或已經去了連在哪個方向都不知道的天堂。

喬凡尼深深嘆了一口氣。

「康帕內拉，又只剩下我們兩個了，無論去哪我們都要一起去。就像那隻蠍子一樣，只要是真的為了大家的幸福，就算讓我被烈火焚身一百次也無所謂。」

「嗯，我也是。」康帕內拉的眼中浮現晶瑩淚水。

「可是真正的幸福到底是甚麼？」喬凡尼說。

「我也不知道。」康帕內拉茫然說。

「我們可得振作起來好好表現喔。」喬凡尼的心頭彷彿湧現嶄新的力量，他深吸一口氣如此說道。

「啊，那邊是煤袋星雲[6]。是天空的黑洞。」康帕內拉似乎有點迴避那個話題，指著天河某處說。喬凡尼朝那邊一看，當下愣住。天河某處有個巨大的黑洞。洞底有多深，裡面有甚麼，即使拼命揉眼凝望也看不見，只覺得眼睛陣陣刺痛。喬凡尼說：

「就算在那巨大的黑暗中我也不怕了。我們一定會去尋找大家真正的幸福。無論要去哪裡，我們都一起走下去吧。」

「好，一定要走下去。啊，那邊的原野真漂亮。大家都聚集在那裡。那就是真正的天堂吧。啊，在那裡的是我媽媽！」康帕內拉忽然指著窗外遠處出現的美麗原野大喊。

喬凡尼也朝那邊望去，但那裡只有一片茫茫白霧，怎麼看都不像康帕內拉描述的樣子。他忽然有種難以言喻的寂寞，正在恍惚眺望那邊時，對面的河岸有二根電線桿就像環抱雙臂一樣架著紅色的橫木矗立。

「康帕內拉，我們一起去吧。」喬凡尼說著轉頭一看，剛剛還坐著康帕內拉的位子已經不見康帕內拉的蹤影，眼前只有座位的黑色天鵝絨閃閃發亮。喬凡尼像炮彈一樣跳起來。為了不讓任何人聽見，他把身體伸到車窗外，用力敲打自己的胸膛吶喊，然後放聲大哭。眼前所見好像霎時都變得黯然無光。

喬凡尼倏然睜眼。原來他只是在之前那個山丘的草叢累得睡著了。心口異樣發熱，臉頰卻有冰涼的淚水滑落。

喬凡尼立刻跳起來。城鎮已如之前那樣在下方燈火輝煌，但那燈光好像比之前更熾熱。而且剛才在夢中走過的天河也已同樣恢復原狀，發出朦朧白光，漆黑的南方地平線上尤其霧濛濛的，右邊是天蠍座紅色的星星美麗閃爍，整個天空的位置好像並沒有甚麼改變。

喬凡尼拔腿衝下山丘。因為他現在滿心掛念的都是尚未吃晚餐仍在家中等

---

6 煤袋星雲（Coalsack），位於南十字座 α 星正東方的暗黑星雲（星際物質的固體微粒子星雲）。

他的母親。他快步穿越漆黑的松林，接著繞過牧場的淺色柵欄，從之前的入口又來到陰暗的牛舍前，牛舍似乎有人剛回來，一輛之前還不在的車子載著二個桶子停在門口。

「晚安！」喬凡尼高喊。

「來了。」身穿白色寬褲的人立刻出來。

「有甚麼事嗎？」

「今天我家沒有收到牛奶。」

「啊，不好意思。」那人立刻去裡屋拿來一瓶牛奶交給喬凡尼，同時又說：

「真的很抱歉。今天中午過後一不留神把小牛的柵欄打開了，結果頑皮的小傢伙立刻跑去找母牛，把奶喝掉了一半……」那人說著笑了。

「這樣子啊。那我走了。」

「好，真的非常抱歉。」

「沒關係。」

喬凡尼用雙手抱著還熱呼呼的牛奶瓶，走出牧場的柵欄。

之後他經過一段有樹木的街道來到大馬路，又走了一會後，馬路變成十字型，右邊的馬路旁，巨大的廊橋跨越在之前康帕內拉他們去放水燈的那條河上，就在夜空中朦朧聳立。

可是那個十字路口和商店前，此刻聚集了七、八個女人一邊望著橋頭一邊低聲交談。而且橋上也擠滿各式各樣的燈火。

喬凡尼不知為何忽然感到心頭倏然一涼。於是他急忙朝附近的人們高聲詢問：

「請問發生了甚麼事？」

「有小孩子落水了。」其中一人說，大家頓時一齊望向喬凡尼。喬凡尼當下拼命奔向大橋。橋上擠滿了人，看不見河水。穿白衣的巡警也趕來了。

喬凡尼索性從橋頭跳到下方寬闊的河岸。

沿著河岸的水邊有許多燈光忙碌地上上下下。對岸的黑暗河堤也有七、八盞燈火移動。已經沒有王瓜燈漂流的河流，就在那中央發出幽微的聲音靜靜流淌著灰色河水。

河岸最下游形成沙洲出海之處，此刻擠滿了人，可以看見明顯的黑色剪影站立。喬凡尼快步跑去。結果猛然遇上之前和康帕內拉結伴同行的馬魯索。馬魯索跑到喬凡尼面前。

「喬凡尼，康帕內拉掉進河裡了。」

「怎麼會？甚麼時候發生的？」

「都是扎奈里啦，他從小船上想把王瓜水燈推向水流那邊。結果小船晃了一下，他就落水了。康帕內拉立刻跳下水救他，把扎奈里推回小船邊。扎奈里就抓住加藤上來了。結果康帕內拉自己卻不見了。」

「大家都在找他吧？」

「對，大家立刻就趕來了。康帕內拉的爸爸也來了。可是始終沒找到他。

扎奈里已經被帶回家了。」

喬凡尼又走到大家聚集的那一頭。在那裡，有著慘白尖下巴的康帕內拉爸爸被學生和鎮上的居民圍繞，身穿黑衣站得筆直，目不轉睛地看著右手握的手錶。

大家也緊盯著河流。沒有任何人開口。喬凡尼緊張得雙腳顫抖。可以看見無數盞捕魚用的電土燈匆忙地來來去去，黑色的河水不時掀起小小的波浪滔滔流去。

下游那邊，整條河映出遼闊的整片銀河，彷彿那是無水的天空。

喬凡尼總覺得康帕內拉已經去了遙遠的銀河邊緣。

但大家似乎依然覺得，或許康帕內拉馬上會從某處的波浪之間冒出頭說：「我游了老半天呢。」或者，也許康帕內拉已經爬上某個不為人所知的沙洲孤伶伶站著等待大家的救援。然而，這時康帕內拉的爸爸忽然斬釘截鐵說：

「已經沒希望了。因為他落水至今已經過了四十五分鐘。」

喬凡尼不禁跑到博士面前站定，他很想說「我知道康帕內拉去哪裡了」，因為剛才我還和康帕內拉一起旅行過。可是他的喉嚨已經哽住，甚麼都說不出來。這時博士大概以為喬凡尼是過來打招呼的，定睛打量喬凡尼半晌後，

「你是喬凡尼吧。今晚謝謝你。」他客氣地說。

喬凡尼已啞然，只能默默行禮。

「你爸爸已經回來了嗎？」博士依然緊握著手錶問。

「沒有。」喬凡尼微微搖頭。

「這就奇怪了。我前天還收到他非常快活的來信。他應該今天就會抵達了。大概是船遲到了吧。喬凡尼，明天放學後請和大家一起來我家玩。」

博士說著又定睛望向下游映滿整片銀河的彼方。

喬凡尼只覺千頭萬緒，甚麼話都說不出來了，他現在只想趕快離開博士眼前，把牛奶拿回家，並且把父親即將歸來的消息告訴母親，於是他從河岸拼命朝街頭奔去。

大提琴手高修

高修在鎮上的電影院[1]負責拉大提琴。一般咸認他的琴技不甚高明。不僅不甚高明，甚至在樂手之間最差勁，因此總是飽受樂團團長折磨。

午後大家在後台休息室圍成一圈，練習這次鎮上音樂會要表演的〈第六交響曲[2]〉。

小號拼命高歌。

小提琴也彷彿帶有雙重音色般悠揚。

單簧管也嘟嘟嘟地配合。

高修緊抿著嘴瞪大雙眼凝視樂譜一心一意演奏。

團長忽然啪地雙手一拍。大家整齊地停止演奏，一片安靜。團長咆哮：

「大提琴慢了！嘟搭搭，搭搭搭——從這裡開始重來。開始！」

大家從剛才停下之處的前一小段開始重來。高修紅著臉滿頭大汗，好不容易才順利拉完剛才被糾正的段落。他暗自鬆了一口氣，正在繼續演奏時，團長再次拍手。

「大提琴！琴弦的音不準。真是傷腦筋。我現在可沒那個閒工夫從頭教你哆瑞咪發。」

大家都一臉同情，故意忙著低頭看自己的樂譜或調整自己的樂器。高修慌忙調整琴弦。這固然是高修的錯，但他的大提琴也的確做工粗糙。

「從前一小節開始。開始！」

大家再次重來。高修也抿著嘴拼命演奏。這次頗有進展。正當他自覺狀況不錯時，團長又臉色嚇人地拍手叫停。高修心頭一跳，以為自己又錯了，幸好這次犯錯的是別人。於是高修就像剛才自己犯錯時大家做的那樣，故意把眼睛湊近自己的樂譜假裝思考。

「那就緊接著剛才這段。開始！」

才剛打起精神演奏，團長忽然重重跺腳，高聲怒吼：

1 當時的電影是默片，樂團會配合辯士的旁白現場演奏電影配樂。
2 〈第六交響曲〉，貝多芬於一八〇八年以田園及大自然為主題的作品。

「不行！完全不像樣！這一段是樂曲的心臟。結果你們卻演奏得這樣乾巴巴。各位，距離演出只剩下十天了。專門鑽研音樂的我們如果輸給那些打馬蹄鐵的和賣糖的學徒小廝結成的烏合之眾，那我們還有甚麼臉見人。喂，高修。我真是拿你沒轍啊。你的演奏簡直毫無表情。喜怒哀樂通通都沒有表現出來。而且你為什麼就是無法和其他的樂器配合呢！每次都是你一個人像拖著鞋帶鬆開的鞋子跟在大家後面扯後腿。傷腦筋啊，你就不能給我振作一點嗎？我們光輝的金星樂團要是因為你一個人遭受惡評，那你就太對不起大家了。好了，今天練習到此結束，休息一下，六點整就給我進演奏席。」

大家躬身行禮，然後有人叼起香菸劃火柴，也有人不知出門上哪去了。高修抱著猶如粗糙箱子的大提琴扭頭面壁撇著嘴汩汩流淚，但他還是打起精神獨自又把剛才練習的曲子從頭開始安靜演奏。

這天深夜，高修才背著龐大的黑色物體回到自己的家。說是家，其實只是郊外河邊一間破舊的水車小屋，高修獨自住在那裡，上午在小屋周遭的小片菜園替番茄剪枝或替高麗菜除蟲，到了下午他通常都會出門。高修進屋開燈，打開剛才那個黑色包裹。其實不是別的，正是傍晚那把粗製濫造的大提琴。高修輕輕把琴放到地上後，猛然從架子取來杯子舀起水桶的水大口灌下。

然後他甩了一下腦袋，在椅子坐下，勢如猛虎地開始演奏白天的曲子。他一邊翻樂譜一邊拉大提琴，拉了又想，想了又拉，拼命拉到最後再從頭開始，就這麼一遍又一遍練習。

時間已過了半夜，連自己在演奏甚麼都分不清了，他的臉色通紅，雙眼充血神情淒厲，似乎隨時會暈倒。

這時，有人咚咚敲響他身後那扇門。

「是何修嗎？」高修半夢半醒地高喊。沒想到倏然推門進來的，是之前見過五、六次的大花貓。

花貓吃力地捧著從高修的菜園摘來的半熟番茄，在高修面前放下說：

「唉，累死了。搬東西真不容易。」

「這是幹嘛？」高修問。

「伴手禮。請你吃。」花貓說。

高修打從白天累積下來的一肚子悶氣霎時爆發：

「誰叫你拿番茄來了！況且我才不吃你帶來的東西。還有，就連那番茄也是我菜園裡的。搞甚麼，還沒紅就摘下來。之前每次咬番茄莖搞破壞的就是你吧。你給我滾。臭貓！」

花貓頓時拱起肩膀瞇起眼，但嘴角依然掛著笑容說：

「老師，火氣這麼大有礙健康喔。不如拉一曲舒曼的夢幻吧。我可以幫你聽聽看。」

「你不過是隻貓，口氣倒是不小。」

大提琴手很生氣，思忖半天該怎樣好好教訓這隻臭貓。

「沒事，你別客氣。儘管演奏吧。我不聽你的音樂就睡不著。」

「囂張！囂張！你太囂張了！」

高修氣得滿臉通紅就像白大團長那樣跺腳咆哮，但他忽然念頭一轉，改口說：

「那我拉給你聽。」

高修不知是怎麼想的，先把門鎖上，窗子也全部關緊，然後取出大提琴關上燈。窗外已至下旬的月亮，頓時灑落半室的月光。

「你剛才叫我拉甚麼來著的？」

「夢幻[3]，羅曼舒曼[4]作的曲子。」貓抹抹嘴故作高雅說。

「這樣啊。你說的『夢幻』是這首曲子嗎？」

大提琴手不知在打甚麼主意，先抽出手帕緊緊塞住自己的耳朵。然後如狂

3 舒曼創作的鋼琴組曲〈兒時情景〉十三曲之一，極為有名，把〈夢幻曲〉稱為「夢幻」和接下來把羅曼蒂克說成「羅曼」一樣，都是「故意說漏字」。

4 德國浪漫派作曲家舒曼（Robert Alexander Schumann）的戲稱。巧妙描寫出這隻貓裝模作樣的姿態。

風暴雨般開始演奏〈印度獵虎記〉[5]。

貓起先歪頭聽了一會，忽然眨巴眨巴不停眨眼睛，隨即猛然朝房門口衝去。接著身體已狠狠撞上門，但是門沒開。貓似乎覺得這是畢生最大的失敗，慌得手忙腳亂，眼睛和額頭劈哩啪啦冒出火花。接著鬍鬚和鼻子也火星四濺，導致貓覺得很癢，擠眉弄眼皺起臉半晌似乎想打噴嚏，然後像要強調「不能再這樣下去」似地又開始跑來跑去。高修覺得很有趣，演奏得越發起勁了。

「老師，夠了，夠了啦。拜託你不要再拉了。今後我再也不敢指使老師了。」

「閉嘴。接下來正是捉老虎的緊要關頭。」

貓痛苦地一下子跳起一下轉圈圈一下子貼著牆，牆壁被牠緊貼過的地方竟然發出一陣藍光。最後貓像風車似的不停繞著高修轉。

高修也有點頭暈了，

「好吧，那我就放你一馬。」說著總算停手了。

這時貓也若無其事說：

「老師，你今晚的演奏好像有點不對勁喔。」

大提琴手一聽又惱了，但他若無其事地取出一根捲菸叼在嘴上，然後拿起一根火柴，

「怎樣，有沒有哪裡不舒服？舌頭伸出來看看。」

貓嘲諷地吐出尖尖的長舌做鬼臉。

「我懂了，的確有點粗呢。」大提琴手說著突然把火柴在貓舌頭上一劃，點燃自己的香菸。花貓當下很錯愕，舌頭像風車一樣呼呼轉動，一邊走到門口一頭撞上門，然後又踉蹌退回來再次一頭撞上門，接著又踉蹌倒退再次過去撞門，只見牠跌跌撞撞的似乎想撞出一條逃生之路。

高修玩味地旁觀了一會，

5 〈印度獵虎記〉，這首曲子原名「Hunting Tigers out in "Indiah"（Yah）——」，由Comedy Fox Trot、艾凡茲（Evans）作曲。男歌手獨唱，加入虎嘯與槍聲。

「我放你出去就是了。別再來了。笨貓。」
大提琴手把門打開，看著貓一陣風似的奔向草叢中，不禁笑了一下。之後，彷彿終於發洩了心頭鬱悶，就此呼呼大睡。
隔天晚上，高修又扛著裝大提琴的黑色包裹回來。咕嚕咕嚕大口喝水後一如昨晚開始演奏大提琴。十二點很快就過了，一點也過了，二點也過了，但高修還在繼續練習。後來他已不知到底是深夜幾點也不知自己到底在演奏甚麼，只是麻木地繼續練習時，有人扣扣敲響小閣樓的層板。
「貓，你還沒學到教訓嗎？」
高修高喊，這時天花板的洞忽然傳來砰的一聲，一隻灰色的鳥飛落。待鳥停在地板上一看，原來是隻布穀鳥。
「竟然連鳥都來了。你來做甚麼？」高修說。
「我想請你教我音樂。」
布穀鳥一本正經說。

高修笑了，

「音樂？你不是只會布穀來布穀去嗎？」

布穀鳥聽了非常認真說：

「對，是那樣沒錯。但那其實很難。」

「有甚麼難的。你們成群叫個不停只是聲勢浩大罷了，其實叫法本身根本沒甚麼稀奇。」

「問題是那很困難。比方說我這樣『布穀』和這樣『布穀』，聽起來就差異很大吧？」

「哪有甚麼不一樣。」

「那是你不懂。如果是我們的夥伴，一萬遍『布穀』就有一萬種差異。」

「隨便你。你既然這麼了解，應該犯不著再來找我吧？」

「可是我想正確唱出哆瑞咪發。」

「布穀鳥還講究甚麼哆瑞咪發！」

「那當然，去外國之前必須要學一下。」

「布轂鳥還去甚麼外國不外國！」

「老師，拜託教我哆瑞咪發。我會跟著唱。」

「煩死了。那我只拉三遍，拉完你就給我趕緊離開。」

高修拿起大提琴，咚咚咚地按弦拉出哆瑞咪發嗦啦西哆。這時布轂鳥慌忙撲騰著不停拍翅。

「不對，不對。不是那樣。」

「煩死了。那你自己來。」

「應該是這樣。」布轂鳥向前彎腰擺出預備姿勢後，

「布轂！」牠叫了一聲。

「怎麼，那就是哆瑞咪發嗎？如此說來，對你們而言哆瑞咪發和第六交響曲都一樣嘛。」

「那當然不一樣。」

「怎麼不一樣？」

「困難的是要持續發出很多次這種聲音。」

「你的意思是這樣嗎？」大提琴手又拿起大提琴，連續拉出布穀布穀布穀布穀布穀。

布穀鳥一聽非常高興，中途也開始跟著布穀布穀布穀布穀。而且是拼命彎身叫個不停。

高修最後手都痛了，

「喂，你到底有完沒完？」他說著停下手。於是布穀鳥很遺憾地吊起眼又叫了一會「……布穀布嗚布布布布。」這才終於停止。

高修已經很火大了，

「喂，我已經拉完了，你可以走了。」他說。

「拜託請再拉一遍。你的琴聲聽起來好像不錯，但還是有點不對。」

「你說甚麼？我可沒有請你指點我。快滾！」

「拜託再拉一次就好。拜託拜託。」布穀鳥拼命鞠躬。

「那就最後一次喔。」

高修架起琴弓。布穀鳥用力吸了一口氣，

「那麼拜託你盡量拉久一點。」布穀鳥說著又是一鞠躬。

「真受不了你。」高修苦笑著開始拉大提琴。於是布穀鳥再次非常認真地弓起小身子拼命啼叫「布穀布穀布穀」。高修起初很惱火，但這樣持續演奏久了，他忽然感到小鳥的歌聲似乎更切合真正的哆瑞咪發。他越拉就越覺得還是布穀鳥唱得比較好。

「哼，如果繼續做這種蠢事，連我都要變成鳥了。」高修猛然停下大提琴。

這時布穀鳥就像腦袋被狠狠敲了一記，搖搖晃晃又像剛才一樣叫著「布穀布穀布穀布嗚布布布」才停下。然後牠忿忿不平地看著高修，

「為什麼要停下？我們布穀鳥，就算是再怎麼沒出息的傢伙，也都會一直

叫到喉嚨出血為止。」布穀鳥說。

「你說甚麼大話。這麼荒謬的行為我怎麼可能陪你一直耗下去。你該走了。你瞧，天都要亮了。」高修指著窗戶說。

東方天空已隱約出現銀色，烏雲不停飄向北方。

「那就請你拉到太陽出來為止。再一次就好。就一下下。」

布穀鳥再次低頭請求。

「閉嘴！給你點好臉色就得寸進尺。你這隻笨鳥。再不走我就把你的毛拔光當早餐吃掉。」高修重重朝地板跺足。

布穀鳥似乎嚇了一跳，猛然朝窗口飛起。結果狠狠撞上玻璃，撲通掉到地上。

「真笨，居然自己去撞玻璃。」高修慌忙站起來想打開窗子，但這扇窗戶本來就粗製濫造無法開關自如。高修死命搖晃窗框之際，布穀鳥再次撞上玻璃掉下去。仔細一瞧，牠的嘴喙已經有點流血了。

「我馬上就幫你打開，你先等一下嘛。」高修終於將窗戶掰開大約六公分的縫隙時，布穀鳥爬起來抱著破釜沉舟的決心，定睛凝視窗外的東方天空，擠出全身所有的力量猝然飛起。結果這次比之前更狠地撞上玻璃，掉到地上半天都動彈不得。高修伸出手想抓住鳥從門口放牠飛走，沒想到布穀鳥睜開眼飛起來閃躲到一旁。然後又想朝玻璃飛去。高修見狀不假思索抬起腳就去踹窗戶。兩三片玻璃發出驚天動地的聲響，碎掉的窗玻璃掉到窗框外。玻璃破了之後，布穀鳥如箭矢般衝向窗外，然後就這麼飛呀飛的一路越飛越遠終於再也看不見了。高修目瞪口呆地眺望窗外半晌，最後朝房間角落一滾就此倒頭大睡。

隔天晚上高修又練習大提琴到半夜，累了正在喝水時，門又扣扣響起。

高修心想今晚不管來的是甚麼玩意，都要像對待昨晚的布穀鳥那樣劈頭就嚇唬一頓把對方趕走，他拿著杯子做好準備，這時門推開一條縫，一隻小狸貓鑽進來了。高修把門又稍微拉開一些，然後用力跺腳，

「喂，狸貓，你聽說過狸貓湯嗎？」他大吼。結果小狸貓一臉懵懂乖乖端

坐在地上，好像甚麼也不明白似地歪頭思考，過了一會才說：

「我沒聽過狸貓湯。」

高修看著那張小臉差點噗哧一笑，但他還是勉強裝出凶惡的神情說：

「那我告訴你。所謂的狸貓湯啊，就是把你這樣的狸貓，和高麗菜與鹽巴一起攪一攪然後咕嘟咕嘟燉煮，被大爺我吃掉。」

小狸貓聽了，滿臉不可思議說：

「可是我爸爸說，高修先生是個大好人，一點也不可怕，還叫我來跟你上課呢。」

這時高修終於忍不住笑出來。

「你能上甚麼課。我可是很忙的。況且我睏了。」

小狸貓頓時興奮地上前一步。

「我是打小鼓的。爸爸叫我來和大提琴合奏。」

「可我根本沒看到小鼓啊。」

「你看，在這裡。」小狸貓從背後取出二根鼓棒。

「那又怎樣？」

「那，請你演奏〈愉快的馬車夫〉。」

「愉快的馬車夫？是爵士樂嗎？」

「對，就是這個曲子。」小狸貓又從背後取出一張樂譜。高修拿起來一看不禁笑了。

「呼，好奇怪的曲子。好，那我要拉琴了。你要打小鼓嗎？」高修很好奇小狸貓會怎麼做，於是一邊頻頻朝牠瞄去一邊開始演奏。

只見小狸貓拿著棒子打拍子，開始在大提琴的琴馬下方咚咚敲了起來。牠敲得相當不錯，因此高修在演奏的過程中也開始覺得這樣很有意思。

高修一曲拉完後，小狸貓歪著腦袋又想了半晌。

最後小狸貓好像終於想出結論，說道：

「高修先生拉這第二條琴弦時，奇怪地慢了一拍欸。害我差點卡住。」

高修大吃一驚。打從昨晚起，他就覺得那根弦的確不管拉得有多麼快，都得過上一會才發出聲音。

「啊，說不定真的是這樣。都是這把大提琴不好。」高修悲傷地說。小狸貓聽了很同情地又想了一會。

「到底是哪裡有問題呢……那你再拉一遍好嗎？」

「好啊，我拉給你聽。」高修又開始拉大提琴。小狸貓像剛才一樣咚咚敲擊，一邊不時把小腦袋歪過去，將耳朵貼在大提琴上。演奏到最後時，今晚又已到了東方朦朧泛白的時刻。

「啊，天亮了。謝謝你。」小狸貓慌慌張張把樂譜和鼓棒背到背上拿膠帶固定好，然後鞠躬兩三次就急急忙忙走了。

高修茫然呼吸了一會昨晚破碎的玻璃吹進來的風，但他必須在去鎮上之前睡一覺恢復體力，於是急忙鑽進被窩。

隔天晚上高修又徹夜拉大提琴，快到黎明時不禁累了，拿著樂器就昏昏沉沉打起瞌睡，這時又有人扣扣敲門。那聲音低微若有似無，不過因為每晚都有客來訪，所以高修還是立刻聽見了，他說：「請進。」結果從門縫鑽進來的是一隻野鼠。還帶著一隻很小的小野鼠，東張西望地走到高修面前。說到那隻小野鼠，簡直只有橡皮擦那麼大，因此高修不禁笑了。這時野鼠像要詢問他笑甚麼似地東張西望走到高修面前，放下一顆青色的栗子，規矩行禮說：

「醫生，這孩子情況不太好，快要死了，請你發發慈悲救救他。」

「我哪有當醫生的本領。」高修有點沒好氣地說。結果野鼠媽媽低頭沉默片刻，又鼓起勇氣說：

「醫生，你騙人。你每天不是那樣高明地治好了大家的病嗎？」

「我聽不懂妳在說甚麼。」

「多虧有你出手，兔子家的老奶奶也康復了，狸貓家的爸爸也康復了，甚至就連那麼壞心眼的貓頭鷹都被治好了，如果只有我家這孩子得不到幫助，未免太可憐了。」

「喂喂喂，我看是妳搞錯了吧。我可沒有替貓頭鷹治過甚麼病。不過小狸貓昨晚倒是來充當過樂隊鼓手。哈哈。」高修俯視那隻小野鼠不禁笑了。

這時野鼠媽媽哭了起來。

「唉，這孩子既然要生病為什麼不早點生病呢。直到剛才你分明還那樣嗡嗡叫，偏偏我家小孩一生病，你就完全沒聲音了，之後不管我怎麼拜託你都不肯發出聲音。這孩子真是太不幸了。」

高修驚訝地大叫：

「妳說甚麼？我拉大提琴就能治好貓頭鷹和兔子的病？這是怎麼回事？妳倒是說說看。」

野鼠一手不停揉眼睛說：

「是的，這一帶的居民只要生病了，都會鑽到你家的地板下面接受治療。」

「然後就康復了嗎？」

「是的。有人覺得全身的血液循環變得很好很舒服，立刻就康復了，也有人是回到家之後才康復。」

「啊，我懂了。我的大提琴音這樣嗡嗡響，就能夠代替按摩的作用治好你們的病。好，我知道了。那就來試試吧。」高修把琴弦緊緊攏成一束，然後猛然抓起小野鼠從大提琴的洞口把小野鼠放進去。

「我也要跟著進去。不論去哪家醫院，我都是這樣陪小孩。」野鼠媽媽像瘋子一樣撲向大提琴。

「妳也要進去嗎？」大提琴手想把野鼠媽媽從大提琴的孔放進去，可是野鼠媽媽的腦袋只塞進去一半就卡住了。

野鼠媽媽掙扎著對裡面的孩子喊道：

「你在那邊還好嗎？落下去的時候記得照我平時教你的，要雙腳併攏安全落地喔。」

「沒問題。我安全落地了。」小野鼠用蚊子般那麼小的音量在大提琴底回答。

「沒事。所以不要哭出聲喔。」高修把野鼠媽媽放下去，然後抓起琴弓嗡嗡嗡嘎嘎嘎地拉起狂想曲。野鼠媽媽憂心忡忡地聽著樂聲，最後似乎忍無可忍，

「夠了，請把我的小孩放出來吧。」她說。

「怎麼，這樣就夠了嗎？」高修把大提琴傾斜，把手靠在洞邊等著，不久小野鼠就自己鑽出來了。高修默默把牠放到地上。仔細一看，小野鼠正緊閉雙眼渾身抖呀抖的不停哆嗦。

「怎麼樣？感覺還好嗎？」

小野鼠始終沒回答，依然閉著眼抖呀抖的抖了老半天，忽然跳起來奔跑。

「啊呀，好多了。謝謝。謝謝。」野鼠媽媽也跟著一起跑，不久，她來到高修面前頻頻鞠躬，

「謝謝，謝謝。」她連續說了十次謝謝。

高修忽然有點於心不忍，

「喂，你們吃麵包嗎？」他問。

野鼠聽了似乎很驚訝地東張西望，然後說：

「不，聽說麵包這種東西是用麵粉又搓又揉還得拿去蒸烤之後做成的，吃起來軟綿綿的又蓬鬆又好吃，但我們連府上的櫃子都沒有去過，如今又承蒙你的幫助，怎麼可能去偷吃麵包。」

「不，我不是那個意思。我只是問你們吃不吃。那你們會吃吧。等我一下喔。我拿點麵包給鬧肚子的小朋友吃。」

高修把大提琴放到地上，從櫃子撕下一小塊麵包放到野鼠的面前。

野鼠簡直像傻瓜一樣又哭又笑又鞠躬，然後小心翼翼叼起麵包領著孩子離開了。

「啊啊啊，和老鼠說話也挺累人的。」高修一頭倒進被窩就此呼呼大睡。

之後到了第六天的晚上。金星樂團的成員全都興奮地滿臉通紅各自拎著樂器絡繹走下大廳的舞台，回到鎮上公會堂大廳後面的休息室。他們已經順利表演完第六交響曲了。大廳的掌聲依然如暴風雨久久不歇。團長的手插在口袋裡，好像完全不在乎掌聲似地慢吞吞在團員之間走來走去，但他心裡其實高興極了。團員們有的叼香菸劃火柴，有的忙著把樂器放回盒子。

大廳那邊依然掌聲雷動。不僅如此，掌聲還越來越高，變成一種令人束手無策的可怕聲勢。這時胸前綴有白色大蝴蝶結的主持人走進休息室。

「大家都在喊安可，能不能表演甚麼簡短的曲子給大家聽聽也好？」

團長聽了凜然回答：

「那可不行。在這麼偉大的樂曲之後，不管表演甚麼都不可能讓我們自己滿意。」

「不然請團長出去講幾句話吧。」

「不行。喂，高修，你去演奏點甚麼吧。」

「我嗎？」高修目瞪口呆。

「就是你，就是你。」樂團的首席小提琴手突然抬起頭說。

「好了，你快去吧。」團長說。大家硬把大提琴塞到高修手裡，開門之後猛然將高修推到舞台上。高修拿著那把有洞的大提琴不知如何是好，上台一看，大家就像要強調「看吧，這不就出來了嗎」似地更加瘋狂鼓掌。好像還有人大聲鼓譟。

「到底要把人耍到甚麼地步！好，等著瞧。我就拉〈印度獵虎記〉給你們聽。」高修鎮定下來，走到舞台中央。

接著他就像上次那隻貓來訪時那樣，以狂怒大象的氣勢演奏起獵虎曲。全場觀眾頓時鴉雀無聲專心傾聽。高修越拉越起勁。就這麼拉完了讓貓痛苦得渾身劈哩啪啦冒火花的那段。也拉完了貓用身體一再撞門的那段。

整首曲子結束後，高修也不敢看全場觀眾，就像那隻貓一樣迅速抱著大提琴逃回休息室。這時休息室裡的團長乃至團員們，彷彿剛發生過火災似地兩眼發直悶不吭聲呆坐。高修看了不免自暴自棄，匆匆走過眾人之間，乾脆一屁股在對面的長椅坐下翹起二郎腿。

這時大家一起把臉扭過來看著高修，但神色還是很正經，並未訕笑。

「今晚真是個奇特的夜晚。」

高修暗想。不料團長站起來說：

「高修，你表現得很好。雖是那種曲子，但大家都在這裡聽得相當認真喔。這短短一周至十天的時間，你堪稱是進步神速哪。如果和你十天前的表現比起來，簡直猶如嬰兒和士兵的差別。可見只要你認真起來，隨時都做得到嘛。」

團員們也都起身圍過來紛紛誇獎高修「表現得很棒喔」。

「哎，也是你身體好才做得到這種事。換做普通人早就累死了。」團長還在那頭說。

那天深夜高修回到自己的家。

他又大口灌下白開水。然後打開窗子望著上次布穀鳥飛去的遠方天空，

「啊，布穀鳥。上次真抱歉啊。我不該對你生氣。」他說。

銀河鐵道之夜

作　　者　宮澤賢治
譯　　者　劉子倩
主　　編　林玟萱

總 編 輯　李映慧
執 行 長　陳旭華（steve@bookrep.com.tw）

出　　版　大牌出版／遠足文化事業股份有限公司
發　　行　遠足文化事業股份有限公司（讀書共和國出版集團）
地　　址　23141 新北市新店區民權路 108-2 號 9 樓
電　　話　+886-2-2218-1417
郵撥帳號　19504465 遠足文化事業股份有限公司

封面設計　許晉維
封面插畫　葉懿瑩
內頁插畫　葉懿瑩
排　　版　新鑫電腦排版工作室
印　　製　成陽印刷股份有限公司
法律顧問　華洋法律事務所　蘇文生律師

定　　價　350 元
一　　版　2018 年 9 月
二　　版　2023 年 8 月

電子書 E-ISBN
9786267305775 (PDF)
9786267305782 (EPUB)

國家圖書館出版品預行編目資料

銀河鐵道之夜 / 宮澤賢治 著 ; 劉子倩 譯 . -- 二版 . -- 新北市 : 大牌出版 ,
遠足文化發行 , 2023.08
296 面 ; 14×20 公分
譯自：銀河鉄道の夜

ISBN 978-626-7305-62-1 (平裝)

861.57　　　　112011215